배수아

소설가, 번역가.《철수》《붉은 손 클럽》《동물원 킨트》《이바나》《일요일 스키야키 식당》《당나귀들》《독학자》《훌》《에세이스트의 책상》《북쪽 거실》《올빼미의 없음》《서울의 낮은 언덕들》《알려지지 않은 밤과 하루》《밀레나, 밀레나, 황홀한》《뱀과 물》《멀리 있다 우루는 늦을 것이다》 등을 썼고, 사데크 헤다야트의 《눈먼 부엉이》, 페르난두 페소아의 《불안의 서》, 프란츠 카프카의 《꿈》, W. G. 제발트의 《현기증. 감정들》《자연을 따라. 기초시》, 로베르트 발저의 《산책자》, 클라리시 리스펙토르의 《달걀과 닭》《G. H. 에 따른 수난》, 아글라야 페터라니의 《아이는 왜 폴렌타 속에서 끓는가》 등을 옮겼다.

밀레나, 밀레나, 황홀한

험윤은 아침에 일어나서 가장 먼저 커피를 만든다.

　그가 커피를 만드는 방식은 매우 간단하다. 모든 종류의 커피머신을 싫어하는 그는 극도로 곱게 간 커피 가루를 스푼 가득히 세 번 커다란 잔에 담고 가스불로 펄펄 끓인 뜨거운 물을 조심스럽게 붓는다. 가루가 대부분 잔 바닥에 가라앉을 때까지 오 분 정도 기다린다. 그리고 두어 모금 정도 마신다. 커피는 충분히 진하지만 그사이 식어 버렸으므로 아주 뜨겁지는 않다. 당연하게도 항상 약간의 커피 입자가 입속으로 흘러들어 온다. 입안에 미세한 깔깔함이 항상 남아 있다. 험윤은 잔을 양손으로 감싸 쥐고 가루가 가라앉기를 헛되이 기다린다. 하지만 검은 진흙처럼 끈끈하고 고운 커피 입자는 완전히 가라앉는 법이 없다. 충분히 무겁지 않은 미세한 입자들 일부는 잔 전체를 부유할 수밖에 없는 운명이다. 다시 한 모금 커피를 마신 그는 문득 생각난 듯이 줄어든 만큼의 뜨거운 물을 더 붓는다. 험윤은 느리게, 아주 느리게 커피를 마시며 하루를 시작하는 것을 즐긴다. 처음에는 아주 진한 농도에서 시작하여 점차 연해지는 농도의 순서로. 처음에는 따뜻한 커피로 시작해서 점차 불균일하게 식어 가는 온도의 순서로. 식은 커피는 그에게 별문제가 되지 않는다. 거슬리는 것은 오직 기계를 급속하게 통과하느라 금속과 고무 패킹, 녹 찌꺼기의 맛이 진하게 달라붙어 있는 커피이다. 기계를 통과한 커피는 전기적 열의 잔흔이 강하다. 마치 전기주전자의 히팅코일에 의해 데워진 물과 같은 그런 전류의 맛이다. 간혹 카페에 가면 그는 오직 에스프레소만 마신다. 그는 에스프레소를 즐긴다. 진한 향기가 기계의 맛을 상당 부분 상쇄시켜 주는 유일한 종류이기 때문이다. 그는 항상 카페에서 더블 에스프레소가 아니라 두 잔의 에스프레소를 한꺼번에 주문한다. 서로 다른 온도와 거품과 감촉을 가지는 커피를 순차적으로 맛보기 위해서이다. 마치 집에 있는 것처럼. 식은 커피는 그에게 별문제가 되지 않는다. 만약 산비둘기의 울음소리가 들리는 화창한 날이라면, 그는 잔을 창가 탁자 위에 놓아둔다. 커피가 아침 햇살을 받을 수 있도록. 커피가 산비둘기의 소리를 들을 수 있도록. 식은 커피는 그에게 별문제가 되지 않는다. 혀와 목구멍에 느껴지는 고운 입자의 감촉은 그에게 별문제가 되지 않는다. 그는 다시 뜨거운 물을 잔에 더 붓고, 커피 가루를 한 스푼 더 넣는다. 잔을 살짝 흔들면서 가루가 가라앉기를 기다린다. 이런 과정을 몇 번 더 반복한다. 마침내는 한 모금을 채 마시기도 전에 커피가 금세 없어지면서 바닥이 드러난다. 여러 번 첨가한 커피 가루가 잔에 두텁게 침전되어 있기 때문이다. 그는 아쉽게 한숨을 쉰다. 그는 바닥이 드러난 잔 속의 커피 가루 퇴적물을 응시한다. 더할 수 없이 부드럽고, 파도 모양으로 소용돌이무늬가 들어가 있으며, 비릿하게 미지근한 냄새가 나고, 짙은 갈색이 짧은 그림자를 드리운 검붉은 회색, 머나먼 성운처럼 어둡고 눈부시게 반짝이는 미세한 은빛 입자들이 섞여 있는, 하루를 비교할 수 없이 의미심장한 것으로 만들어 주는 그것을.

험윤의 아침 식사는 간단하다. 그가 선호하는 것은 날개처럼 파삭거리고 가벼우며 우유 속에서 금방 녹아 버리는 옥수수 시리얼이 아니라 귀리를 쪄서 건조시킨 스위스산 뮤슬리와 요구르트이다. 그가 아침 식사를 만드는 과정은 커피를 만들 때보다 훨씬 간단하다. 커다란 스프 접시에 말린 과일이 들어간 뮤슬리를 쏟는다. 저지방 플레인 요구르트를 붓는다. 그리고 먹는다.

커피를 마시고 뮤슬리 접시를 비운 험윤은 모자를 쓰고 운동화 끈을 매고 집 근처 공원으로 간다. 우거진 숲 사이로 산책로가 나 있다. 황금빛 부리를 가진 검은 새의 맑은 울음소리가 조롱조롱 들린다. 그는 달린다. 템포를 유지하면서 아주 빠르지는 않게.

늘 다니는 아침 산책길이다. 고요한 숲속에는 그의 호흡소리만 들린다. 두 명의 여인들이 자전거를 타고 그를 스쳐 지나가기 전까지는. 거친 천으로 짠 푸른색 판초를 걸친 남자가 맞은편에서 그를 스쳐 지나가기 전까지는. 숲 가장자리에서 개를 데리고 가는 부부와 마주치기 전까지는. 인근 배수 펌프장의 잉잉거리는 기계 소리가 들려오기 전까지는. 그는 달린다. 숲에는 까마귀와 개구리, 너도밤나무와 싱싱한 양귀비꽃이 있다. 그러나 동시에 숲에는 경고문이 적힌 변전소의 철조망, 수풀에 내던져진 맥주병, 그리고 연두색 물풀로 가득 덮인 채 조용히 부패하는 더러운 습지가 있다. 완만한 언덕길을 지날 때 그의 호흡은 조금씩 더 거칠어진다. 그는 숨을 고르기 위해 잠시 속도를 줄인다. 그때 그의 맞은편에서 말 한 마리가 다가온다. 흰색에 가까운 은회색 말이다. 말의 이마에는 유난히 하얀 얼룩점이 있다. 말은 혼자다. 풀을 뜯는 것도 아니며 마부에게 고삐를 잡힌 것도 아니다. 말은 똑바로 앞을 보고 빠른 속도의 갤럽으로 다가온다. 말은 그를 조금도 신경 쓰지 않는다. 그는 걸음을 멈추고 경이로운 눈으로 말을 바라본다. 그는 말에게 길을 비켜 준다. 말은 순식간에 그를 스치고, 달그락거리는 말발굽 소리의 여운이 채 가시기도 전에, 반대 방향 숲으로 모습을 감추어 버린다. 험윤이 아는 한, 이곳에서 말을 풀어서 키우는 사람은 없다. 말 목장이 주변에 있는 것도 아니다. 지금껏 단 한 번도 산책길에서 말을 만난 적은 없다. 홀로 있는 말이란 더더욱 상상할 수 없는 일이다. 너무도 의외의 경험이 험윤을 살짝 들뜨게 만든다. 셔츠와 머리카락이 땀에 젖었다. 그는 걷는다. 잠시 뒤 똑같은 모양의 연두색 형광 셔츠를 걸친 단체 바이크족들이 페달을 밟으며 숲길로 들어선다. 그들은 한 줄로 줄지어 지나간다. 그들의 노란 헬멧이 줄지어 지나간다. 산책길이 끝나는 지점이 눈앞에 보인다. 험윤은 기분 좋게 지친 듯하다. 가까운 곳에서 개가 짖는다. 젤라틴처럼 무거운 공기가 끈기 있게 험윤의 피부에 달라붙는다. 구름이 몰려온다.

험윤이 가장 사랑하는 일은 미지근한 물속에 잠긴 채 책을 읽는 것이다. 그가 욕조에 잠기는 정확한 이유는 몸을 씻기 위해서가 아니라 물속에서 책을 읽기 위해서이다. 그 시간이 저녁일 경우 책을 읽으면서 와인 한잔 정도를 마실 때도 있다. 그의 욕실에는 작은 책장이 있다. 아래 칸에는 타월이나 목욕 가운, 면도기나 낡은 슬리퍼 등의 물건을 챙겨 놓고, 가장 위 칸에는 항상 열서너 권의 책이, 정기적으로 약간씩 종류가 달라지면서, 꽂혀 있다. 물론 그는 침대에서, 소파에서, 책상에서, 지하철이나 카페에서, 그리고 종종 길에 선 채로도 책을 읽지만, 욕조에서 읽는 책은 대개의 경우 그 모든 하루의 독서가 시작되는 출발점이다. 집 안에서 그가 주로 머무는 장소에는 반드시 손에 닿는 곳에 책이 있다. 침대의 베개 곁이나 베개 아래, 소파 위, 그리고 글을 쓰는 책상과 주방의 찬장 위, 그리고 욕실 책장과 욕조 곁에는 늘 각각 몇 권의 책들이 그에게 읽히기를 기다리며 거기 놓여 있다. 그런 식으로 그는 보통 서너 권에서 많게는 십여 권에 달하는 책들을 동시적으로, 돌아가며 읽는다. 예를 들어서 욕조에서는 단테를 읽고 침실에서는 추리소설이나 역사서를 읽으며 소파에서는 고대 연금술 백과사전을 무작위로 펼치고 한두 페이지씩, 그리고 지하철에서는 휘트먼이나 엘리엇의 시집을 읽는 식이다. 길가 카페에 앉아 있을 때는 주로 희곡들을 읽는다. 셰익스피어, 해럴드 핀터, 이오네스코와 베케트, 그는 손에 잡히는 희곡들을 구별 없이 즐겨 읽는다. 그때 그의 눈에 들어오는 사람들은 자신들도 깨닫지 못하는 사이 그가 읽는 희곡을 즉흥적으로 공연하는 배우들이 된다. 예를 들자면 옆 테이블에서 그림엽서에 열심히 뭔가를 쓰고 있는 저 젊은 여인은 지금 그에게 보내는 메시지를 적고 있는 것이다. 안녕하세요, 전 방금 전에 오랜 기절에서 깨어났는데 아무 기억도 안 납니다. 그러니 혹시 날 아는 사람이라면 내가 누구인지 가르쳐 주시겠어요?

간혹 일 년에 서너 번 정도 아주 깊은 밤 드물게 시골의 어머니와 전화 통화를 한 날 혐윤은 어린 시절부터 갖고 있던, 구식 활자로 인쇄된 낡고 커다란 책을 펼쳐들 때도 있다. 그것은 모종의 트랜스 상태로 빠져들어 밥도 먹지 않고 잠도 자지 않으면서 수 주일간 계속되는 환영을 목격했던 17세기 한 수녀의 기나긴 수기이다.

물론 혐윤의 집에는 그가 늘 손에 닿는 곳에 꺼내 놓는 그런 책들 말고도 아주 많은 책이 있다. 이미 다 읽은 책들이 대부분이지만 몇 페이지만 읽은 후 책장에 꽂아 두고 잊어버린 책도 있고 절반쯤 읽다가 만 책, 너무 오래전에 읽어서 다시 읽으면 거의 새로운 독서라는 기분이 들게 하는 책, 그리고 아예 첫 페이지도 펼쳐 보지 않았으므로 정말로 새로운 독서가 되는 책도 있다. 그가 직접 산 책들이 대부분이지만 선물로 받은 책들도 많다. 때때로 기분전환이 필요할 때면 그는 책장에서 새로운 책들을 무작위로 한 다스쯤 꺼내서 욕실 선반장과 소파, 주방, 책상 그리고 침대 등등에 이미 놓여 있던 책들 일부와 교체하기도 한다. 그러면 그의 세계는 무작위로 쇄신된다. 그의 삶이 임의의 페이지에서 다시 시작된다. 그의 독서는 이렇듯 종종 무작위의 우연을 즐기는 방식이므로, 그는 자신이 결코 흥미를 느낄 수 없다고 분명하게 결정 내린 책들은 집 안에 두지 않는다. 가능하면 언제 어디서나 제목을 특별히 확인하지 않은 채 손만 뻗어서 집어 들어도 만족스러운 독서가 보장되는, 그런 책들만으로 집 안의 책장을 채우려 한다.

어제 험윤은 욕실 선반장의 책들을 그런 식으로 모두 교체했다. 시기적으로 그럴 때가 왔다는 기분이 들었기 때문이다. 물속에 몸을 담근 험윤은 욕조 가장자리에 미리 꺼내 놓은 서너 권의 책들 중 가장 위에 있는 책을 집어 든다. 그것은 《밀레나에게 보내는 편지》이다. 험윤의 기억이 맞는다면 이 책은 그가 산 것도, 선물 받은 것도 아니다. 그는 자신의 집에 이런 책이 있다는 사실조차도 전혀 몰랐다. 물론 그의 기억이 아주 정확하다고는 말할 수 없다. 어쩌면 십수 년 전, 그가 헌책방에서 한꺼번에 많은 책들을 구입하던 습관이 있을 때 샀던 책 중 한 권일지도 모른다. 그렇게 산 책들은 서가에 꽂아둔 채 그대로 잊어버린 경우도 종종 있으니까. 하지만 험윤이 지금 손에 들고 있는 《밀레나에게 보내는 편지》는 그렇게 오래된 책이 아니다. 활자나 용지, 표지 상태 등으로 보아서 구입한 지 길어야 삼사 년 정도이다. 그는 책을 사거나 선물 받으면 책 속표지에 반드시 날짜를 써놓는 오랜 습관이 있다. 특별한 의미가 있을 경우 장소나 상황 등도 메모를 한다. 예를 들면, '1995년 서울 S 서점에서 구입' 혹은 '1979년 생일 파티에서 m으로부터' 등과 같이. 그것은 자신이 소장한 책의 역사를 기록하는 것이기도 하지만 책의 소유권을 명시하는 일이기도 하다. 그가 헌책방에서 책을 한꺼번에 수십 권씩 사던 시절에도 그런 기록을 잊은 적은 없다. 험윤은 《밀레나에게 보내는 편지》의 속표지를 살핀다. 거기에는 누군가가 독일어 문장 하나를 연필로 적어 놓았다. 딱딱하고 삐뚤어진, 마치 독일어 알파벳을 모르는 사람이 그대로 글자를 베껴서 쓴 듯이 획 하나하나가 서로 조합하지 못하고 서툴게 흩어졌으며 불균형하게 기울어진 필체이다.

'황홀한 밀레나'

그가 적은 것이 절대 아닌 그 문장을 제외하고는 다른 아무런 표시가 없다. 그러므로 이 책은 험윤의 것이 아니다.

책의 앞부분은 연필로 흐릿하게 줄을 쳐 놓은 구

절이 군데군데 보인다. 하지만 대부분의 페이지는 새 종이 특유의 냄새를 풍기며 말끔하다. 이 책의 주인은 이것을 다 읽지는 않은 것이 분명하다. 아마도 그의 집을 방문한 누군가가 우연히 가방에서 이 책을 꺼내서 잠시 동안 읽은 다음에 다시 가방에 넣는 것을 잊어버린 채 돌아갔을 것이다. 험윤도 책을 잃어버린 경험이 있다. 고비사막 여행 중에, 미니버스 선반에 비디아다르 네이폴의 새 소설 《마법씨앗》을 올려 두었다가 잊고 그냥 내려 버렸다. 여행을 위해서 들고 온 유일한 두 권의 책 중 한 권이고 막 흥미진진하게 읽기 시작한 참이라 무척 아쉬웠다. 어렵게 수소문해서 전세 버스 운전수를 찾았고 책에 관해서 물었으나 운전수는 그의 말을 이해하지 못했고 버스 안 선반에 올려 둔 《마법씨앗》은 이미 사라진 다음이었다. 험윤은 고비사막에서 책을 잃어버렸을 때의 그 막막함과 안타까움을 기억해 낸다. 《밀레나에게 보내는 편지》의 주인은 어쩌면 어느 날 예고 없이 험윤의 집에 불쑥 찾아올지도 모른다. 그리고 혹시 자신이 여기에 책을 한 권 놓고 가지 않았는지 그에게 물을 것이다. 험윤의 집을 방문했던 사람일 테니 어쨌든 험윤이 아는 누군가일 것이다. 그는 이 책을 다시 서가에, 그가 위치를 잘 기억할 수 있는 자리에 다시 꽂아 놓아야겠다고 생각한다. 하지만 지금 당장, 딱 기분 좋을 정도로 따끈하지만 곧 미지근하게 식어 버릴 물속에 편안하게 들어 있는 이 순간 밀레나라는 여인에게 보내진 편지를 몇 페이지 훔쳐본다고 한들 그리 나쁠 일은 없을 것이다. 그는 늘 하던 것처럼 즉흥적으로 책의 페이지를 펼친다. 그리고 밀레나에게 보내진 편지의 한 부분을 읽는다.

1920년 7월 14일 수요일 프라하.
당신은 편지에 썼습니다. : »*Ano más pravdu, mám ho ráda. Ale F., i tebe mám ráda*«("그래요, 당신 말이 맞아요. 나는 그를 좋아해요. 하지만 F., 나는 당신도 마찬가지로 좋아한답니다.") — 나는 이 문장을 아주 꼼꼼하게 읽습니다. 어휘 하나하나를 자세히 보면서요. 특히 *i* 라는 단어에서는 그대로 멈춰 버리고 말아요. 전부 맞는 말입니다. 이것이 사실이 아니라면, 당신은 밀레나가 아닐 겁니다. 당신이 밀레나가 아니라면, 그러면 나는 도대체 무엇이겠습니까. 당신은 이 문장을 빈(*Wien*)에서 편지로 써서 나에게 보냈는데, 그편이 프라하에 와서 직접 말하는 것보다 더 낫습니다. 그래요, 나는 알고 있습니다. 전부 명확하게 이해합니다. 어쩌면 당신 자신보다 훨씬 더 잘 이해하고 있을 겁니다. 그런데도 어쩐 일인지 나는 너무도 쇠약하여, 이 문장을 도저히 끝까지 읽어 낼 수가 없습니다. 이것은 아무리 읽어도 끝나지 않는 영원의 문장입니다. 그래서 나는 당신이 볼 수 있도록 이것을 여기 이 편지에 옮겨 적습니다. 이제 우리는 함께, 얼굴과 얼굴을 맞댄 채 이 문장을 읽습니다. (당신의 머리카락이 내 뺨을 스치고 있습니다)

　물이 완전히 식은 다음에야 험윤은 욕조에서 나온다. 면도를 하기 위해서 거울 앞에 선다. 거울에 비친 자신의 모습은, 언제나 그렇듯이 험윤에게 낯설다. 나날이 더욱 낯설어진다. 솔직히 고백하자면, 나날이 더욱 빠르게 낯설어진다. 얼굴뿐만이 아니다. 결코 살이 찐 편이 아님에도 불구하고 험윤의 가슴은 탄력을 잃고 피부가 살짝 아래로 늘어졌으며 팔다리는 나날이 앙상해지고 있으며 바람이 부는 날, 줄어든 머리숱이 더욱 확연하다. 험윤은 자신이 늙어 가고 있음을, 특히 몇 년 전부터는 도저히 숨길 수 없이 빠른 속도로 늙어 가고 있음을 잘 안다.
　험윤은 무표정한 얼굴로, 거울 속의 무표정한 얼굴을 바라보면서 면도를 한다. 문득 이런 생각이 든다. 어느 날 아침 일어난 그는 거울에 비친 자신의 모습을 더 이상 알아보지 못하게 될지도 모른다. 그런 날 그는 마치 난데없이 벌레로 변신해 버린 자신을 발견한 외판원처럼, 그렇게 거울 속의 사내를 물끄러미 응시할 것이다. 절반쯤 대머리가 되어 버린, 절반쯤의 노인이 거울 속에 있을 것이다. 그때 험윤은 지하철에서 부딪힌 낯선 사람으로부터 물러나듯이, 그렇게 거울 속 낯선 사내로부터 한 발짝 물러난 채, 여전히 무표정하게, 이 세상의 모든 변신과 낯섦이 사실은 문학이 주장하는 만큼 충격적이지는 않다는 것을 생애 처음으로 피부 깊숙이 실감하면서, 무표정하게 면도를 마칠 것이다.

그리고 어쩌면, 그날은 험윤 자신의 막연한 예감보다 훨씬 더 이르게 찾아올지도 모른다.

이제 외출 준비를 한다. 험윤은 항상 검은색 옷만을 입는데, 이미 삼십 년 이상 계속되어 온 고집스런 습관이다. 검은 티셔츠에 검은 바지, 검은 벨트와 검은 재킷. 등에는 검은 배낭과 발에는 검은 구두. 때때로 날씨에 따라서 검은 펠트 모자 혹은 검은 베이스 캡. 외국의 도시로 여행을 떠날 때마다 그는 늘 그 도시의 중앙박물관으로 간다. 그리고 박물관에 딸린 숍에서 대여섯 벌의 똑같은 검은 티셔츠를 구입한다. 똑같은 모양의 검은 티셔츠를 사기에 대도시 중앙박물관의 숍보다 더 좋은 장소를 그는 알지 못한다. 전 세계의 모든 대도시 박물관에는 언제나 그를 위해 일부러 준비해 둔 듯한 검은 티셔츠가 있다. 각 도시 특유의 고고학적 문양이나 상형문자가 그려진, 단순한 검은 티셔츠가.

험윤은 엘리베이터가 아니라 계단을 이용해서 내려간다. 가장 아래층, 양쪽으로 번호가 붙은 문들이 늘어선 긴 낭하를 지나 옆 건물로 이어지는 통로로 향한다. 옆 건물로 가기 위해서는 두 개의 문을 지나야 한다. 문은 대개는 열려 있다. 그는 아무와도 마주치지 않으며, 아무도 그와 마주치지 않는다. 두 개의 문을 통과하고 옆 건물로 들어서면 엘리베이터 앞에서 낭하는 두 갈래로 갈라진다. 엘리베이터를 지나쳐서 계속 이어지는 낭하와 엘리베이터와 수직 방향으로 나 있는 낭하다. 계속 이어지는 낭하의 끝에 다다른 다음 반 층 정도 계단을 올라가면, 그곳은 형식적인 화단이 허름하게 꾸며진 아파트 뒤뜰인데 거기 있는 작은 뒷문으로 나가면 지하철역으로 가는 버스 정류장이 가깝다. 그가 사는 곳은 여러 개의 건물이 하나의 축을 중심으로 회전하는 프로펠러 모양으로 연결되는 아파트먼트 콤플렉스이다. 원래 있던 건물 곁에 공터가 생기면 다시 아파트먼트 건물을 지어 올

렸고, 각각의 건물들을 서로서로 연결해서 *1*층 내부
가 이어지는 하나의 거대한 콤플렉스로 만들어 놓았
다. 그렇게 시차를 두고 생겨난 똑같은 모양의 낭하
가 미로처럼 복잡하게 연결되어 있으므로 잘못하면
건물 안에서 길을 잃을 수도 있다. 그는 건물을 완전
히 빠져나오기 전, 문득 습관처럼 뒤를 한 번 돌아본
다. 어둑한 낭하의 창들은 그와 시선이 마주치는 순
간, 모두 예외 없이 흐릿한 전등 빛 아래서 비밀의 눈
꺼풀을 내리깐다.

　　약속장소에 도착한 험윤은 입구에서 면담 약속
을 확인받고, 신분증을 제출한 다음 안으로 들어가
그가 이미 서너 번 만난 적이 있는 문화재단의 프로
그램 매니저의 안내를 받는다. 그들은 고급 실내장식
으로 꾸며 놓은 널따란 회의실에서 거대한 원탁을 마
주하고 앉는다. 프로그램 매니저는 험윤에게 축하의
인사를 건넨다. 재단의 모기업이 꽤 큰 금액으로 후
원하는 문화지원 프로그램의 대상으로 그의 독립 영
화 기획서가 선정되었기 때문이다. 그는 알타이 고산
지대에 있는 스키타이족 무덤을 배경으로 한 창작 시
나리오로 응모를 했다. 시나리오를 쓰고 자신의 전작
필름들과 미발표 자료들을 편집 작업하여 하나의 콜
라주 데모 필름을 만들고 내레이션을 위한 배우들을

섭외하고 음악 저작권 문제를 해결하기 위해 거의 팔개월 동안 꼬박 응모준비에 매달렸지만, 험윤은 정작 자신이 이토록 후한 지원금을 받는 행운의 수상자가 될 줄은 정말이지 크게 기대하지는 못했다. 나이에 비해서 작품의 편수가 터무니없이 적고, 수상 경력도 전무하기 때문이다. 게다가 험윤이 기획한 것은 픽션과 다큐멘터리의 이중 구조이며, 절반쯤은 오직 시적 내러티브로 구성되는 포에틱 필름의 성격인데, 그런 종류라면 설사 영화가 시놉시스대로 성공적으로 완성되고 운이 좋아 극장에 걸리거나 텔레비전에 방영이 된다 해도, 문화재단과 모기업이 얻을 간접 홍보 효과가 크지 않을 것이기 때문이다. 그러나 예상치 못한 일이지만 험윤의 기획서는 최종 선택되었다. 그를 위해서 재단에 영향력 있는 말을 해줄 만한 친구나 동료를 단 한 명도 갖지 못한 입장인데도 말이다. 험윤은 이제, 그 자신의 꼼꼼한 계산에 의하면, 최소한 이 년 동안은 러시아 남동부 알타이와 카자흐스탄, 그리고 몽골 서북부 스키타이와 흉노족의 발굴지에 머물면서 그야말로 자유롭게 필름 작업을 할 수 있는 금액을 지원받게 된 것이다.

험윤은 한 명의 촬영 어시스턴트 정도만 있으면 충분하다는 계산을 세웠다. 그는 언제나 가장 최소한의 인원으로만 작업하고 싶기 때문이다. 대개는 돈을 아끼기 위해서인 것도 있지만 혼자 일하기, 오직 그 것을 위해서 그는 대학의 자리를 포기하고 프리랜서 가 된 것이 아니었던가.

프로그램 매니저는 험윤에게 서류 한 다발을 내 밀면서, 그가 서명해야 할 자리들을 친절하게 일러 준다. 물론 그는 시간을 갖고 천천히 계약서들을 다 시 한 번 더 읽어볼 수 있다. 비록 프로그램 매니저가 이미 사전에 계약서의 내용을 모두 그의 메일로 보내 주었지만 말이다.

프로그램 매니저는 전화로 험윤을 위해 커피를 한 잔 가져다 달라고 누군가에게 부탁한다. 잠시 후 안경을 쓴 젊은 여비서가 커피를 가져온다.

팀을 어떻게 구성할 생각이냐고 매니저가 험윤 에게 묻는다. 카메라를 다룰 줄 아는 어시스턴트가 한 명만 있으면 충분하다고 그가 대답한다. 혹시 적 당한 인물이 우연히 더 나타난다면 한 명쯤 더 있어 도 좋을 것이다. 하지만 어차피 진짜 전문가의 도움 이 필요한 작업은 돌아와서 영상을 편집하고 녹음하 는 과정일 것이다. 험윤은 여비서에게 고맙다고 인사 하고 커피를 마신다.

한 명이라면 너무 부족하지 않을까요? 현지에서

는 운전수나 가이드 정도 말고는 촬영 인력을 구하기 힘들 텐데. 그러면 중앙아시아에서 실제 머무는 기간은 얼마나 될까요? 매니저가 다시 묻는다. 그리고 여비서에게 짧게 뭔가를 다시 지시한다. 아마도 그와는 무관한 다른 업무 지시인 듯하다.

최소 이 년 정도로 계획하고 있습니다. 그가 대답한다.

그렇게나 오래요? 매니저가 깜짝 놀라는 시늉을 한다.

우리는 서둘러서 일하지 않을 테니까요. 그는 마치 "우리"가 누구일지 이미 알고 있다는 말투로 담담하게 대답한다.

우리는 그곳의 거의 모든 장소에서 모든 계절을, 모든 시간대와 기후를 필름에 담을 생각이니까요. 그리고 아마도 시나리오의 상당 부분을 현장에서 고쳐야 할지도 모릅니다. 어쩌면 그곳에서 우리는 예상치 못한 일들을 마주칠 수도 있고 그것이 영화의 내용으로 포함될 가능성도 있으니까요. 기획서에도 밝혔지만 내 시나리오는 확정된 설계도가 아닙니다. 스토리도 마찬가지예요. 그것은 창작 스토리를 기본으로 하지만 다큐멘터리 형식으로 서술되고 표현될 예정입니다. 즉흥적이고 돌발적인 작업에 항상 열려 있는 것이 곧 기획의 일부입니다. 그러니 어쨌든 시간은 최대한 넉넉할수록, 서둘지 않으면 않을수록 좋다고 생각합니다.

그렇군요. 매니저가 이해한다는 듯이 고개를 크게 끄덕인다. 심사위원들뿐 아니라 재단의 관련자들도 모두 감독님의 시나리오를 매력적이라고 감탄했답니다. 어린 시절에 버림받은 한 소녀가 자신을 버린 어머니의 흔적을 찾아 먼 길을 나섰다가, 마침내 고대 스키타이족의 무덤에까지 이르게 되는 과정이 참으로 신비로우면서도 아름다웠으니까요. 그런데 제가 개인적으로 궁금한 것이 있는데, 소녀의 어머니는 정말로 고대 스키타이 여왕인 건가요? 아니면 찾아간 소녀에게 싸늘하게 대했던 서류상의 어머니, 즉 가난한 점원 여자인 건가요? 그 부분이 매우 초현실적이면서 그만큼 수수께끼 같았어요. 그걸 알고 싶어 하는 사람들이 많답니다. 그리고 그것이 어떻게 영상으로 구현될지도 궁금하구요.

그 점에 대해서는 지금 이 순간 시나리오 이상의 것을 말씀드릴 수는 없어요. 일단 관객들에게는 열린 스토리로 보여 줄 작정이긴 합니다. 그리고 그 부분을 영상으로 표현하기 위해 여러 실험을 현지에서 시도할 예정이기도 해요. 그러다 보면 어떤 하나의 방향으로 가닥이 잡히지 않을까 기대하고 있어요.

아 그렇군요. 그런 것이 감독님의 예술이겠죠. 매니저는 크게 고개를 끄덕인다. 그리고 좀 실무적인 톤으로 말을 계속한다.

재단에서는 감독님의 각 나라별 체류 허가와 비자를 신청하기 위한 준비 작업에 들어갈 텐데요, 그 일이 시간이 좀 걸릴 듯하니 그 사이에 여행 준비를 하시면 되겠네요. 필요한 어시스턴트도 구하시구요. 아니면 혹시 이미 팀을 갖고 계신가요? 매니저가 다시 묻는다.

아닙니다. 나는 거의 항상 혼자서 일을 해왔어요. 혹시 필요한 경우 그때그때 임시로 어시스턴트를 데리고 일한 적은 있지만요. 하지만 이번 같은 장기 프로젝트를 고려해서 사람을 구해 본 적은 아직 없습니다, 하고 그가 대답한다.

매니저는 손짓으로 그 자리에 멍하니 서 있는, 어딘지 좀 능숙하지 못해 보이는 여비서에게 이제 그만 나가도 된다고 신호를 보낸다.

중앙아시아에서 필름 작업을 하신 것이 있던데…… 매니저의 이어지는 질문. 안경을 쓴 여비서가 조용히 회의실을 나간다. 두텁고 묵직한 방음문이 그녀의 뒤에서 소리 없이 닫힌다.

그건 이미 5년 전 일이에요. 중앙아시아가 아니라 고비 사막에서. 프리랜서가 된 후 처음 작품이었죠. 몽골과 북중국의 설화를 바탕으로 한 영상 작업이었습니다.

　그때도 팀을 이루어서 갔나요?

　네 그래요. 그땐…… 실제로 일은 거의 혼자 했지만 내가 직접 연기를 할 필요가 있었으니 기본적으로 카메라를 다룰 줄 아는 조수가 있었지요.

　험윤의 커피 잔은 비었고, 필요한 모든 서류의 빈칸에는 그의 서명이 채워졌다.

　다시 거리로 나온 험윤은 집으로 돌아갈 생각으로 지하철역으로 향하다가 발길을 돌려 이른 오후의 거리를 좀 걸어 보기로 한다. 최근 그의 머릿속은 온통 영화 시나리오 생각만으로 가득하므로 얼른 집으로 가서 시나리오 작업을 계속하고 싶지만 일단 시내에 나왔으니 카페에 앉아 에스프레소 두 잔 정도는 여유 있게 즐기고 싶기도 하다. 험윤은 이번에 받은 지원금으로 총 열 시간 분량의 영화를 기획하고 있다. 하지만 그것은 재단에 제출할 그 자신의 버전이고, 실제로 축약될 극장판은 길어야 두 시간 반 정도가 될 것이다. 그는 지난 몇 년간 황무지와 기억, 그리고 환각을 소재로 하는 기나긴 모놀로그를 쓰고 있었다. 이번 기회에 그것을 전문 배우에게 낭독시켜 보이스 오버 기법으로 영상에 입힐 계획이다. 수년 동안 머릿속에 담고 있으면서 틈이 날 때마다 단편적인 스케치로 메모해 둔 시나리오를 실제 언어와 영상으로 구현할 수 있게 되었다고 생각하니 험윤은 거의 현기증에 가까운 충격적인 기쁨을 느낀다. 그렇다 그건 충격이다. 지금껏 그를 매혹시키고 사로잡았던 것들은 대개 그에게 충격을 준 것들이다.

물론 반대의 충격을 겪기도 했다.

살짝 들뜬 험윤은 한 카페로 들어가 진한 에스프레소를 두 잔 주문한다. 그리고 그제서야 허기를 느끼고는 브리오슈 한 덩어리도 함께 집어 든다.

험윤은 적게 먹는 편이다. 심지어 하루에 아침 한 끼 정도만으로 때우는 경우도 드물지 않다. 대학에 있을 무렵 그의 몸무게는 90킬로그램이 넘었다. 식탁에만 앉으면 폭식을 했다. 매일 새벽 두 시에 와인 한 병을 마셨다. 오후까지 늦잠을 자거나 혹은 전혀 잠을 자지 않았다. 하지만 대학을 떠난 이후 사람들과 어울려 늦은 저녁 식사를 하는 습관이 사라진 뒤부터 몸무게가 줄었다. 물론 그는 의도적으로 식사량을 줄였고 술을 줄였으며 일주일에 세 번 이상 조깅을 했다. 자신의 영화에 직접 배우로 출연하게 되면서, 영상에 비치는 모습에 문제가 있음을 실감했기 때문이다. 물론 그가 카메라 앞에서 하는 연기란 극히 단순하여 정식 배우의 그것이라고 말하기는 어렵다. 널찍한 판초형의 웃옷을 걸치고 태양이 떠오르는 강가에서 햇살을 받으며 두 손을 들고 앉아 있는 뒷모습의 실루엣. 이런 정도이다. 험윤이 직접 연기를 하는 것은 혼자 힘으로 독립영화를 만들면서 전문 배우를 기용할 예산이 없기도 하고, 또 험윤 자신만큼 시나리오를 잘 이해하여 몸으로 구현해 주는 배우를 찾는다는 것이 사실상 불가능하기 때문이다.

험윤은 천천히 브리오슈를 뜯어 먹고 두 잔의 각기 다른 온도의 에스프레소를 마시며 유리창 밖으로 지나가는 행인들을 구경한다. 오피스 거리인 만큼 육체의 선이 드러나는 타이트한 최신 유행의 양복을 걸치고 납작한 가죽 백팩을 맨 젊은 남자들의 모습이 눈에 들어온다. 화장을 한 여자들, 인조 속눈썹이나 인조 손톱, 솜으로 부풀린 가슴, 안구 미용용 콘택트 렌즈를 부착한 여자들이 지나간다. 전화 통화를 하면서 지나가는 여인들도 적지 않다. 험윤은 젊은 그녀들 중 한 명이 지금 거리를 걸으며 자신에게 전화를 걸고 있다고 잠시 상상해 본다. 안녕하세요, 전 방금 전에 오랜 기절에서 깨어났는데 아무 기억도 안 납니다. 그러니 혹시 날 아는 사람이라면 내가 누구인지 가르쳐 주시겠어요? 기분 나쁘지 않은 상상이다. 험윤은 언제나처럼 희곡을 몇 페이지 읽으면서 흥미로운 상상을 진행시켜 보려고 한다. 그러나 험윤이 겉옷 주머니를 뒤져 꺼낸 것은 기대했던 베케트의 희곡집이 아니라, 아침에 욕조에서 읽었던 《밀레나에게 보내는 편지》이다. 분명 이 책을 서가에 잘 꽂아 두고 나왔다고 생각했는데 어떻게 된 일이지 알 수가 없다. 아마도 험윤은 착각한 듯하다. 들고 나와야 할 베케트와 꽂아 두어야 할 《밀레나에게 보내는 편지》를 양손에 들고 잠시 혼동을 일으킨 것이리라. 나쁘지 않아, 하고 험윤은 생각한다. 오늘 하루쯤 밀레나에게 보내진 편지를 읽는다 해도 상관없겠지. 어차피 편지도 배우의 모놀로그에 해당할 테니까.

한 젊은 여인이 생각에 깊이 잠긴 채 약간 멍한 걸음으로 길을 걷다가 문득 카페 유리벽에 몸이 거의 닿을 정도로 가까이 다가온다. 안경을 쓴 그녀는 보통의 키에 보통의 몸매, 초록색 바지에 아주 흐릿한 노란색 블라우스 차림이다. 어깨까지 내려오는 머리칼, 희고 창백한 피부, 인조 속눈썹도 인조 손톱도 솜으로 부풀린 가슴도 안구 미용용 콘택트렌즈도 부착

하지 않았고 화장도 아주 흐릿하다. 그러나 제법 커다란 검은 인조가죽 가방을 들고 있다. 그녀는 한마디로 말해서 평범하다. 평균치라는 의미의 평범함이 아니라, 구별이 무의미한 불특정 다수라는 성격의 평범함이다. 그녀가 아름답지 않다고 단정할 수는 없다. 다수의 젊은 여성이 갖는 그런 정도의 평범한 아름다움은 그녀도 갖고 있다. 하지만 그녀가 아름다운 것은 그녀가 젊은 여성이기 때문이 아니라, 그녀가 평범하기 때문이다. 아무도 미워할 수 없는 무개성한 평범함, 여왕으로 추대할 수는 없지만 그렇다고 하여 무리 밖으로 쫓아낼 수도 없는 평범함의 힘 때문이다. 만약 그녀의 평범함에도 특징이란 것이 있다면, 그것은 어둑함이다. 카메라 렌즈에 검은 셀로판지를 갖다 댄 듯한 그늘진 어둑함이다. 그녀의 붉은 입술은 어둑하다. 그녀의 검은 머리칼은 어둑하다. 맑은 안경 뒤편 그녀의 검은 눈동자는 어둑하고 그녀의 흰 피부는 어둑하다. 잠시 걸음을 멈추고 유리벽 안쪽을 바라본 그녀는 뭔가를 결심한 듯이 카페로 들어선다. 그리고 블랙커피 한 잔을 주문하고 험윤에게서 멀지 않은 테이블에 자리를 잡는다.

험윤은 고개를 숙이고 《밀레나에게 보내는 편지》를 펼친다.

밀레나, 밀레나, 밀레나― 오늘은 도저히 다른 말을 쓸 수가 없습니다. 그래요, 이 하루 황망함과 피곤, 그리고 무감각한 현존(그런데 이건 내일이 되어도 마찬가지일 겁니다)의 상황에서 떠오르는 건 오직 하나의 이름 밀레나일 뿐…… 밀레나! (이렇게 내가 당신의 왼쪽 귀에 대고 속삭이면, 빈한한 침대에 누워 충만한 기원을 향한 잠에 깊이 빠진 당신은, 아무것도 모르는 채로, 서서히 몸을 오른쪽에서 왼쪽으로 돌리며 내 입을 향해 가까이 다가옵니다)

험윤은 문득 누군가 자신을 지켜보고 있다는 느낌이 들어, 고개를 들고 주변을 살핀다. 카페는 절반쯤 가득 찼고, 절반쯤 비어 있다. 모두들 손에 커피잔을 들고 있지만, 커피만을 마시는 사람은 없다. 누군가와 대화를 하거나, 전화 통화를 하거나, 책을 읽거나, 컴퓨터에 원고를 쓰거나, 번역을 하거나, 편지를 쓰거나, 혹은 잠시 생각에 잠겨 있거나, 유리창 밖을 바라보거나, 울거나, 누군가와 키스하거나, 혹은 웃고 있다. 즉, 특별한 일은 아무것도 일어나지 않고 오직 평범하다. 다시 책으로 눈길을 돌리려던 험윤의 시야에, 방금까지 한 쌍의 남녀가 앉아 있다가 막 떠나 버린 옆 테이블이 들어온다. 거기에는 극장 시간표가 놓여 있다. 험윤은 앉은 자리에서 손을 뻗어 시간표를 집어 든다. 그것은 바로 이 카페 건물의 지하에 자리한, 주로 오래된 흑백 영화를 전문으로 상영하는 소극장의 시간표이다. 어차피 시내로 나왔으니 극장에서 영화를 한 편 보고 들어가는 것도 좋겠다는 생각이 든다. 게다가 시간표에 의하면 이제 막 영화가 시작할 참이기도 하다. 아마도 그 남녀는 영화를 보러 가기 위해 서둘러 자리를 뜬 것일지도 모른다. 험윤은 잔 바닥에 조금 남은 에스프레소를 단번에 들이켜고 자리에서 벌떡 일어난다. 손짓 한 번으로 브리오슈 가루를 털어 낸다. 그리고 지하로 가는 계단을 찾아 성큼성큼 내려간다. 매점을 겸하는 조그만 매표소에서 영화표와 콜라를 한 잔 산 뒤에, 방금 영화가 시작되어 시그널 음악이 나오는 좁고 캄캄한 영화관 안으로 더듬거리며 들어간다.

험윤은 빈자리를 찾아 앉는다. 그리고 이어서 마치 그의 뒤를 따르듯이, 비어 있는 그의 옆자리에 안경을 쓴 여인이 한 명 와서 앉는다. 영화를 놓치지 않기 위해 빠르게 달려온 듯 여인은 험윤에게도 들릴 정도로 숨을 할딱거리고 있다. 2초 정도 그는, 어느 여인의 습기 차고 뜨끈한 가슴이 자신의 피부 바로

아래서 가쁘게 요동치는 듯한 착각에 빠진다. 그러
나 잠시 뒤 영화의 사운드가 모든 숨소리를 삼켜 버
린다. 남녀의 벗은 살갗이 모래처럼 반짝인다. 보이
스 오버로 시작되는 대사. 당신은 히로시마에서 아무
것도 보지 못했어요. 〈히로시마 내 사랑(*Hiroshima
mon amour*)〉의 첫 장면이 열린다.

난 항상 굶주렸어요, 부정과 간음, 거짓과 죽음
에⋯⋯.

여배우가 독백한다.

영화가 끝난 뒤 불이 들어오자, 험윤은 자신의
옆자리에 앉아 영화를 보던 여자가 낮에 재단 회의실
에서 마주친 안경을 쓴 여비서임을 알아차린다. 스쳐
지나가듯 보았지만 그 여비서가 분명하다. 그들은 잠
시 눈을 깜빡이며 상대를 응시한다. 혹시 오늘 재단
사무실에서 우리가 만나지 않았던가요, 하고 험윤이
묻는다. 그녀는 말없이 고개를 끄덕인다. 여기서 다
시 마주치다니 신기한 우연이네요, 하고 험윤은 다시
인사 겸 말한다. 오늘 하루 종일 아무것도 먹지 못했
어요, 하고 그녀가 대답 겸 말한다. 그들은 함께 저녁
을 먹으러 가기로 한다.

그들이 밖으로 나오자, 이미 어둠이 깔린 거리
맞은편에서 기타를 든 두 명의 남자가 음악을 연주하

면서 그들과 엇갈려 반대 방향으로 지나간다. 그들은 문득 걸음을 멈추고 다시 얼굴을 마주본다. 참으로 신기한 우연이라고 험윤이 말한다.

저런 장면을 방금 영화에서 본 듯하다고 그녀가 대답한다. 하지만 어쩌면 오늘 본 영화가 아니라 오래전에 본 영화인지도 모르겠다, 아니, 어쩌면 저런 장면을 본 것은 영화가 아니었을지도 모르겠다고 그녀가 말끝을 흐린다. 그녀가 말을 하면 할수록 그녀의 표정에서는 점점 더 확신이 사라지면서 불안이 꽃처럼 피어난다. 처음의 사로잡힌 듯한 대담함이 낯선 남자와 함께 밥을 먹으러 가는 평범한 여자의 불안한 표정으로 변해 간다.

그들은 가장 처음 눈에 들어온 식당으로 들어간다. 식당 밖에 설치된 아궁이에 솥이 걸려 있고 식당 여주인이 막 김이 펄펄 나는 솥뚜껑을 열고 다 익은 만두를 꺼내고 있다. 그곳은 만두집이다. 그들은 야채만두와 고기만두를 섞어서 주문한다. 그녀는 두 개의 물 잔에 물을 따르고 젓가락 두 개를 험윤과 자신의 앞에 가지런히 놓는다. 그리고 작은 종지 두 개에 간장을 담고 와사비를 짜 넣고 고춧가루를 살짝 뿌린다. 이런 행동을 그녀는 아무런 말없이 한다. 험윤은 매운 것을 좋아하지 않지만 그녀의 행동을 제재하지 않는다. 김이 오르는 만두 그릇이 그들의 테이블에 놓인다. 험윤은 만두를 하나 집어 자신 앞의 빈 접시에 옮긴다. 그녀도 그렇게 한다. 그들은 간장을 찍은 만두를 살살 불어 식혀 가며 먹는다.

촬영 여행을 언제 떠날 생각인지, 그녀가 먼저 묻는다.

비자가 준비되는 대로 떠나려고 하지만 그 전에 우선 여행 준비를 마쳐야 한다고 험윤이 간단하게 대답한다.

그렇게 오랫동안 집을 떠나 있다면, 어떤 기분일까⋯⋯ 자신은 상상할 수가 없다고 그녀가 혼잣말처럼 중얼거린다.

그는 오직 필름을 위해서 여러 번이나 여행을 다녔다, 그러므로 몇 개월 정도 떠돌아다니는 건 익숙해서 아무렇지도 않다, 하지만 이번처럼 장기적인 여행은 아직 없었다고 말한다.

⋯⋯ 상상할 수가 없어요. 그녀는 잠시 사이를 두고 반복한다. 도저히⋯⋯ 상상할 수가 없어요.

상상할 수 없는 일이 바로 삶 자체라고 험윤이 말한다. 그리고 잠시 멈칫한다. 지나치게 단정적인 말투라서 젊은 여인이 듣기에 부적절할 것 같았기 때문이다. 그러나 그녀의 얼굴은 표정의 변화가 없다.

그들은 잠시 침묵한 채 만두를 먹는다. 만두 그릇이 거의 빌 때쯤 그녀가 환한 표정으로 불쑥 말을 꺼낸다. 누군가와 함께 있다는 것이…… 참으로 좋아요! 하고. 그 순간 험윤은 만두를 먹다가 고개를 들고 잠시 그녀를 바라본다. 그는 어느 여인의 습기 차고 뜨끈한 가슴이 자신의 피부 바로 아래서 가쁘게 요동치는 듯한 착각에 빠진다.

어느새 식당 안 손님은 그들뿐이다. 다른 사람들은 모두 마치 약속이나 한 것처럼 그들을 두고 한꺼번에 나가 버렸다. 김이 솟아나던 솥은 잠들고 화덕은 불이 꺼진다. 식당의 전등도 희미해졌다. 그들이 있는 식탁을 제외하고는 모두 불 꺼진 그늘 속으로 가라앉아 버렸다. 만두를 빚던 여주인도 흐릿한 불빛이 스며 나오는 주방으로 모습을 감추어 버린 다음이다. 그들이 알아차리지 못하는 사이 식당의 유리창엔 블라인드가 쳐졌다. 아마도 이 식당은 어느 일정 시간까지만 영업을 하고, 그 시간이 지나면 블라인드를 내리고 불을 꺼버리는 모양이라고 험윤은 속으로 생각한다. 그들의 만두 접시는 비었다. 험윤은 탁자 위에 만두 값만큼의 지폐를 올려놓는다.

그들은 밖으로 나온다. 그리고 지하철역을 향해서 천천히 걷기 시작한다. 어디선가 기타의 선율과 함께 노랫소리가 들려온다. 조금 전 그들과 엇갈려 지나간 거리의 악사들일지도 모른다. 험윤은 잠시 주변을 둘러보았으나 악사의 모습은 보이지 않는다. 그녀가 조금 머뭇거리다가 입을 열어 말한다.

사람들이…… 험윤 감독님을 천재라고 하더군요. 아니, 웃지 마세요. 재단에서 사람들이 모두 그렇게 말하는 것을 들었답니다. 부인하지도 마세요. 천재란 젊은 사람에게만 쓰는 말이라고 했나요? 나처럼 젊은 사람에게나 어울리는 말이라구요? 아니 그건 틀려요. 나는 절대로 젊지 않으니까요. 내 말은…… 감독님이 젊지 않다면 나 또한 젊다고는 할 수 없는 그런 나이라는 뜻이에요. 게다가 더욱 결정적인 것은, 난 아무것도 아닌걸요. 영화감독이 아니라서 그런 게 아니라, 그 어떤 측면에서 보아도, 난 철저하게 아무것도 아니에요. 재단의 임시직 비서였기 때문에 하는 말만은 아니에요. 어차피 6개월 계약이었던 그 일도 오늘로 끝났답니다. 오늘이 마지막 출근이었단 말이죠. 그러니 이제 난 더더욱 아무것도 아니에요. 난 재단에서 사람들이…… 감독님을 천재라고 말하는 것을 들었어요. 그리고 또 감독님이 은둔자라는 말도 하더군요. 아, 부인하시는군요. 단지 혼자서 영화를 만들 뿐, 은둔자는 아니라고 말하고 싶은 거죠? 그 둘 사이에 무슨 차이가 있나요? 혼자라면, 그리고 두려워하지 않는다면, 그러면 그는 은둔자가 아닐까요? 하지만 난 자주 두려워요…… 혼자인 것이…… 아무것도 아닌 나 자신이…… 난 영화에 대해서는 잘 몰라요. 하지만 감독님의 필름을 보았어요. 나는…… 그것이 참으로 좋았어요! 물론 훌륭한 사람들에게 칭찬을 많이 들으실 테니 나 같은 하찮은 사람의 감상쯤이야 별 의미가 없을 테지만요. 하지만 나에게 기회가 온다면, 이 말을 꼭 하고 싶었어요. 감독님의 필름은 기나긴 시 같았어요. 지루했다는 말로 들린다구요? 결코 아니에요. 만약 그 시나리오를 읽는다면, 지금 당장 또 다시 눈물이 흐를 것 같아요. 충격적인 시였으니까요. 알아요. 특별히 슬프거나 대단한 내용이 들어 있지는 않다는 것을. 심지어 대단한 사건이 일어나지도 않는다는 것도 알아요! 그래도, 감독님의 데모 필름을 몇 번이나 반복해서 보았어요. 특히 마지막에 소녀의 자살을 암시하는 결말이 특히 마음에 들었어요. 소녀는 자신을 사랑하지 않는 현실의 가난한 어머니를 떠나, 원초의 어머니를 찾아 고대 스키타이의 세계로 가버리는 거죠. 역사가 기록되지 않아 무슨 일이 일어났는지 아무도 모르는 초원의 왕국으로요. 아무도 그런 자살을 비난할 수 없다고 생각해요!

난 영화에 대해서는 잘 몰라요. 하지만 재단에서 일하기 전에는 작은 방송 제작사에서 보조 작가로 2년 동안 일했어요. 그래서 영화는 아니지만 녹음과 카메라 일을 조금은 알아요. 카메라를 본격적으로 배운 적은 없지만 촬영을 따라다니면서 간단한 조작법 정도는 익혔어요. 그리고 어떤 식으로 구성을 해야 한다든지…… 그런 감각적인 부분은 익숙해요. 그러니, 만약 마땅한 어시스턴트를 구하지 못했다면, 그러면 그 여행에 나를 데려가시면 안 되나요?

험윤은 말문이 막힌다. 어딘가의 골목에서 기타 연주가 다시 들려오기 시작한다. 그들을 둘러싼 밤의 성분인 흐릿한 빛, 불안한 빛이 기타 소리와 함께 알 수 없는 곳으로 흘러간다. 그들의 일부를 함께 싣고 흘러간다. 그리하여 그들은 밤에 섞인다. 만두가 익는 솥에서 와락 피어오르던 하얀 김, 가볍게 덜그럭 거리는 솥뚜껑의 움직임, 표정이 보이지 않는 식당의 여주인, 말없이 만두를 먹는 식당의 손님들, 말없이 만두를 다 먹은 다음 아무런 인사말도 없이 그들만을 남겨 두고 식당을 한꺼번에 나가 버린 사람들, 어느새 내려진 식당 유리문의 블라인드, 솥은 잠들고 화덕의 불은 꺼진다. 주방 안쪽으로 사라진 식당 여주인, 탁자 위에 젓가락을 가지런히 놓고 간장병을 조심스럽게 기울이는 그녀의 손. 이 여자는 전혀 아름답지 않은데, 왜 나는 그녀의 목소리에 계속해서 귀 기울이게 되는가. 왜 그녀가 다음에 무슨 말을 할까 기다리게 되는가. 험윤은 그녀의 얼굴을 바라보면서 생각한다. 아니 전혀 아름답지 않다는 것은 정당한 표현이 아닐지도 모르지. 그녀는 젊은 여자니까. 어쩌면 그녀는 아름다울지도 몰라. 그런데 만약 그녀가 아름답다면, 그건 그녀에게 숨겨진 어떤 표정 때문일 거야. 그녀가 짓지 않는 바로 그 표정 때문일 거야.

그녀는 험윤을 바라보면서 다시 말한다.

나를 데려가 주세요. 촬영 어시스턴트가 안정적인 직업이 아니라는 것도 잘 알아요. 촬영이 끝나면 사라지는 일자리라는 것도요. 대중에게 알려지지 않은, 독립 영화의 어시스턴트는 다른 곳에 갈 때 경력조차 되지 못하니, 그러니 영화 일을 하는 사람이 아니라면 시간 낭비라고 충고하고 싶어 한다는 것도 잘 알아요. 하지만 시간 낭비라니, 그것이 무슨 의미인가요? 그런 말은 나에게 해당되지 않아요. 왜냐하면 나는 어차피 시간이 없으니까요. 원래 의미의 시간은 나에게 처음부터 부여되지 않았어요. 내 시간은 그냥 밤뿐이니까요. 바로 지금처럼요. 오래오래 계속되는 밤. 영원히 끝나지 않는 밤. 내 시간은 보이지 않고,

불분명하고, 흐릿할 뿐. 가만히 있으면 나는 밤 속에서 연기처럼 흩어지고 점점 엷어지다가, 아무도 모르게 완전히 사라질 거예요. 아무도 나에 관해서 알지 못하는 채로, 그렇게 사라질 거예요. 아주 적은 급료만 받는다 해도 상관없어요. 어차피 우리가 갈 초원에서는 돈이 필요하지도 않을 거잖아요. 일이 고생스러울 거라고 말하셨나요? 나는 황홀할 거예요. 슬리핑백에서 자고, 샤워도 못 하고, 화장실도 없다고 말하셨나요? 떠날 수 있다면, 나는 황홀할 거예요. 여기가만히 있으면 내 밤이 영영 끝나지 않아요. 나를 데려가 주신다면, 나는 황홀할 거예요.

그녀는 험윤을 뚫어지게 응시한다. 검은 밤의 깊은 곳 아득한 밑바닥에서 그녀의 흰 얼굴이 험윤을 올려다본다. 그 얼굴은 험윤을 응시하면서 점점 빠르게 가라앉는다. 어둠 속에서 보이지 않는 흰 점으로 빠르게 사라져 버린다. 험윤은 어디선가 밤의 비명 소리를 들은 것 같다. 아니 그것은 기타 소리였던가? 그녀가 눈을 감더니, 미안해요. 현기증이 나요, 하고 말하며 한 손을 뻗어 가까운 벽을 짚는다. 험윤은 그녀의 팔을 붙잡고 근처의 계단으로 데려가 앉힌다. 그들은 나란히 밤의 거리를 바라보며 앉아 있다.

험윤은 여인에게 묻는다. 당신은 무작정 달아

나려는 사람 같군요. 무엇으로부터 도피하려는 겁니까?

그러나 그녀는 험윤을 외면한다. 조금 전의 사로잡힌 듯한 대담함은 밤의 한가운데서 낯선 남자와 함께 앉아 있는 평범한 여자의 불안으로 변해 간다. 그녀는 허리를 구부려 바닥에 떨어진 책을 주워 든다. 그때 그녀의 팔이 그의 몸을 우연히 스친다. 그것을 피하려는 험윤의 어색한 몸짓 때문에 도리어 그의 손은 그녀의 무릎에 놓이고 만다.

그녀가 집어 든 책은 험윤의 주머니에서 떨어진 《밀레나에게 보내는 편지》이다. 그녀는 흰 손으로 책장을 잠시 넘겨보더니 고개를 저으며 책을 험윤에게 내민다. 자신은 외국어를 읽을 줄 모른다고 그녀는 말한다. 자신은 밀레나가 누군지 모른다고 그녀는 말한다.

방송국에서 일하기 전에는 대학을 다니며 저녁에는 시내 이곳저곳의 식당에서 웨이트리스로 일했어요. 하루에 두세 군데 식당에서 일하기도 했어요. 여기저기 식당을 옮겨 다녔죠. 아, 생각해 보니 우리가 방금 저녁을 먹었던 저 만두 식당에서도 어쩌면 일했을지도 모르겠어요. 정확한 기억은 아니지만요. 며칠씩만 일하고 옮겨 다닌 식당이 많거든요. 내가 말없이 안 나가 버린 적도 있었고, 식당에서 해고 당하기도 했어요. 난 성실하지 못한 웨이트리스였으니까요. 거스름돈을 잘못 내주거나 그릇을 깨거나 음식을 쏟거나 한 적이 종종 있었어요. 난 울고 싶었죠. 어디에서도 무슨 일을 하면서도, 난 '집에 있는다'는 느낌을 가질 수 없었어요. 그런데 내 집이 어디였을까요? 나는 어디에서 왔을까요? 나는 누구일까요? 조금도 기억나지 않았어요. 아무리 노력해도 상상할 수가 없어요⋯⋯ 나는 밀레나가 누군지 몰라요. 나는 밀레나가 아니에요. 설사 밀레나였다고 해도, 나는 그것을 몰라요. 아무도 그것을 몰라요. 그렇지만 나를 데려가 주세요. 기나긴 여행이 될 거라고 말했나요? 나는 황홀할 거예요.

나는 약속할 수 없습니다, 하고 험윤이 대답한다. 그러나 험윤은 자신이 무슨 말을 하고 있는지 명확하게 인식하지 못한다. 그냥 반사적으로, 스스로를 방어하듯이 두 손을 움켜쥔 채 그녀를 외면하면서 반복해서 중얼거릴 뿐이다. 나는 아무것도 약속할 수 없습니다. 나는 아무것도 약속할 수 없습니다.

험윤은 불현듯 정체불명의 두려움을 느낀다. 이 여인이 그에게 이렇게 말할 것만 같다. 안녕하세요, 난 방금 전에 오랜 기절에서 깨어났는데 아무 기억도 안 납니다. 그러니 혹시 날 아는 사람이라면 내가 누구인지 가르쳐 주시겠어요?

혹은 이렇게 말할 것만 같다. 안녕하세요. 난 서로 증오하는 부모들 사이에서 태어났답니다. 당연히 그들은 나를 원하지 않았어요…… 어머니는 나를 임신한 사실에 절망하여 집을 나가 버렸다고 하더군요. 어머니에게는 다른 남자가 있었다고 해요. 어머니는 부정한 여인이었던 거죠. 난 어머니가 누구인지 몰라요. 그녀의 얼굴이 기억에 없어요. 하지만 난 불안하지 않았어요. 아버지가 있었으니까요. 어느 날 아버지는 여느 때처럼 내 손을 잡고 외출을 했는데, 우리가 도착한 곳은 한 친척집이었답니다. 그리고 아버지는 내 손을 놓았어요. 그다음에 아버지가 어디로 갔는지, 나는 그것을 몰라요. 몇 년 후 친척은 나를 다른 친척집에 보냈지요. 그리고 일 년 후에는 그 친척의 또 다른 친척집으로 보내졌어요. 그리고 다시 다른 친척집으로 갔죠. 친척의 친척의 친척의 친척집으로…… 친척은 점점 먼 친척으로 바뀌었고, 그 간격은 점점 더 짧아졌어요. 내가 처음으로 남자를 안 것도 그런 친척집의 어느 친척 남자를 통해서였어요. 어떤 친척집의 어떤 친척인지는 몰라요. 나는 임신할까봐 두려웠어요! 죽을 만큼 두려웠어요! 너무 많은 친척들이, 너무 먼 친척들이, 그리하여 친척의 개념 자체가 모호한 관계들이 내 주변에 있었어요. 친척들이 내 주변에서 소용돌이쳤어요. 서로 손을 잡고 빠르게 돌다가 마침내 한 덩어리의 버터로 한꺼번에 녹아 버릴 듯했어요. 난 현기증이 났죠. 그런데 어느 날 나는 갑자기 혼자가 되었어요. 그들이 모두 어디로 갔는지 몰라요. 내가 어디서 왔는지도 몰라요. 난 발목까지 내려오는 긴 외투를 걸치고 낡은 여행 가방 하나와 함께 버스 정류장에 서 있었어요. 친척집에서 친척집으로 전전할 때 항상 나와 함께 운반되던 바로 그 체크무늬 여행 가방이에요. 그건 아버지의 유물인 걸까요? 아니면 어머니의 유물인 걸까요? 난 아무것도 몰라요. 왜 아버지는 내 손을 놓았던 걸까요? 난 아무것도 몰라요. 난 종종 자살하고 싶어요. 그러면 난 황홀할 거예요. 그런데 아, 누군가와 함께 있다는 것이…… 참으로 좋아요!

그만! 이게 무슨 막무가내란 말입니까! 날 귀찮게 하지 말아요!

불쑥, 험윤은 좀 강한 억양으로 이렇게 내뱉으며 그녀를 똑바로 쏘아본다. 그녀를 똑바로 쏘아보려고 한다. 알아차리지 못하는 사이 그녀에게 닿아 있던 팔을 움직이려고 한다. 그녀에게서 몸을 떨어뜨리려고 한다. 그녀의 머리카락이 그의 얼굴을 자꾸만 스치는 것을 불쾌하게 여기려고 한다. 이제 가야 한다고, 당신이 혼자이거나 말거나 나는 당신과 아무런 상관없는 사람이라고, 그렇게 그녀에게 분명히 말할 생각이다. 그러나 불현듯 그 자리에 그녀는 없다. 그녀는 골목 어디선가 흘러나오는 희미한 기타의 선율을 따라가 버린 다음이다. 저 앞쪽 어둠 속으로 멀어지는 사람들의 뒷모습이 있다. 흔들리는 그림자가 있다. 포도를 디디는 발걸음 소리가 있다. 자욱한 밤이다. 멀어지는 사람들의 뒷모습이 있다. 나는 무엇이었을까요? 나는 어디에서 왔을까요? 나를 그곳으로 데려가 주세요. 나는 황홀할 거예요. 자욱한 밤이 있다. 멀어지는 사람들의 긴 그림자가 있다. 아마도 그 중의 하나가 그녀의 것이리라. 이름을 알지 못하는 그녀. 밀레나.

험윤은 집으로 들어서는 아파트먼트 콤플렉스 입구에 서 있다. 안으로 들어서자 어둑한 낭하 양옆으로 늘어선 문들이 흐릿한 불빛 속에 과묵하고 침울하다. 오전에 집을 나설 때와 같은 풍경이다. 어제도 그리고 그 전날도 항상 같았던 변함없는 집들의 풍경. 늦은 밤, 그의 발소리가 낭하에 유난히 크게 울린다. 손가락처럼 갈라진 커다란 이파리의 화분 그림자가 어느 집의 창가에서 흔들거린다. 고양이가 운다. 수도관을 흐르는 물이 운다. 귀뚜라미와 창틀이 여리게 운다. 긴 다리를 가진 밤의 거미가 운다. 방충망에 달라붙은 채 전 생애를 보내는, 투명한 날개의 회색 나방이 운다. 부유하는 꿈들이 운다. 그 모든 것들의 울음소리가 낭하에 가득 울려 퍼진다. 험윤은 잠시 휘청거리며 서둘러 낭하를 지나간다. 그는 아무와도 마주치지 않으며, 아무도 그와 마주치지 않는다.

그는 시선을 돌리지 않으면서 하나하나의 문 앞을 묵묵히 지나간다. 그러나 엘리베이터 앞을 지날 때, 그는 문득 거울을 바라보게 된다. 거무스름하게 변색하고, 가장자리에 얼룩이 지고, 세 조각으로 금이 간 거울이다. 그는 낯선 자신의 금이 간 얼굴을 무표정하게 응시한다. 그는 아무와도 마주치지 않으며, 아무도 그와 마주치지 않는다. 그는 아무에게도 자신에 대하여 묻지 않으며, 아무도 그에게 그에 대하여 묻지 않을 것이다.

금이 간 자신의 얼굴을 보지 않기 위해서 험윤은 눈을 감는다. 거울 속 그의 뒤편에서 한 사람이 걸어온다. 붉은 코트를 입고 있는 그 사람은 그의 뒤편을 지나가면서 거울 속 눈을 감은 그의 얼굴을 잠시 바라본다.

삶에는 일순간이 있다.

그 사람의 금이 간 얼굴이 눈을 감은 혐윤의 금 간 얼굴을 응시한다. 일순간이 지난다. 그리고 그 사람은 등을 보이고 돌아선다. 그 사람은 거울 속에서 멀어진다. 그 사람은 거울을 마주하고 있는 낭하의 가장 끝까지 걸어간다. 그리고 가장 마지막에 있는 문을 열고 안으로 들어간다. 그 사람은 집 안으로 사라진다.

자신이 살고 있는 옆 건물로 넘어가기 전, 혐윤은 뒤를 돌아본다. 그러나 언제나처럼 모든 문들이 그의 시선 앞에서 눈꺼풀을 닫는다.

집으로 돌아온 혐윤은 문 아래로 밀어 넣어진 쪽지를 발견한다.

그는 쪽지를 집어 들고 현관에 선 채 그것을 읽는다. 두세 번 반복해서 읽는다.

그는 다시 밖으로 나가기 위해 몸을 돌리다가 그대로 멈춘다. 그는 잠시 동안 무엇을 해야 할지 모르는 사람처럼 움직이지 못한다. 결국 집 안으로 들어와 겉옷을 벗어 의자 위에 걸친다. 주방으로 가서 아침에 마시다가 남은 커피가 있는지 살펴보지만 커피잔에는 말라붙은 커피 찌꺼기만이 두텁게 쌓여 있을 뿐이다. 그는 한숨을 내쉬고 냉장고를 열어 본다. 콜라병을 발견하고 그것을 그대로 들고 마신다. 그는 소파에 앉는다. 그는 소파에 그대로 눕는다. 벽에 걸린 시계가 재깍거린다. 자세히 들어보면 시계의 초침 소리는 일정하지 않고 불규칙하다. 서로 다른 속도로 가는 수많은 시계들의 소리가 겹쳐서 들리는 것 같다. 시간은 제멋대로 증폭되며, 투명한 용적을 가진 물처럼 집 안을 점점 채워 나간다. 그는 시간의 소리를 피하는 사람처럼 두 손으로 귀를 감싸고 눈을 감는다. 시계가 재깍거린다. 욕실의 수도꼭지가 물방울을 똑똑 흘린다. 냉장고가 부르르 떨며 진동한다. 주전자에 담긴 물이 흔들리며 찰랑거린다. 책상과 탁자와 문틀이 삐걱거리며 메마르게 운다. 어디선가 다시 고양이가 울기 시작한다. 거미가 운다. 나방이 운다. 이 자욱한 밤에…… 그는 벌떡 일어서서 겉옷을 걸친다. 그리고 다시 밖으로 나온다. 엘리베이터가 아니라 계단을 이용해서 내려간다. 가장 아래층 양쪽으로 번호가 붙은 문들이 늘어선 긴 낭하를 지나 옆 건물로 이어지는 통로로 향한다. 옆 건물로 가기 위해서는 두 개의 문을 지나야 한다. 문은 대개는 열려 있다. 그는 아무와도 마주치지 않으며, 아무도 그와 마주치지 않는다. 옆 건물로 건너와, 엘리베이터 옆 금이 간 거울 앞에 도착한 다음에야 그는 잠시 숨을 고르기 위해 멈춘다. 그의 옆얼굴이 거울에 나타났다가 방향을 바꾸며 돌아선다.

거울 속의 그는 등을 보이며 다시 걷는다. 그는 엘리베이터와 마주하는 낭하를 걸어간다. 그는 금이 간 거울 속에서 멀어진다. 그는 점점 소실된다. 그는 낭하의 끝까지 걸어간다. 그리고 가장 마지막 문 앞에 선다. 그는 머뭇거리다가 벨을 누른다. 거울 속에서 그의 모습은 조그맣게 보인다. 문이 열리고, 누군가가 그를 집 안으로 맞아들이는 광경을, 금이 간 흐릿한 밤의 거울이 멀리서 지켜본다.

영국식 뒷마당

내 생각에, 그래서 나는 마침내 영국식 뒷마당으로 가는 길을 찾아낸 거야, 하고 그날 경희는 나에게 말했다.

내 생각에, 나는 영국식 뒷마당에서 그네를 타고 놀았어.

뭐라구요? 나는 이해하지 못하면서 물었다.

거긴 참으로 많은 것들이 있었단다⋯⋯ 담장 안쪽과 담장 바깥쪽에⋯⋯ 그네와 앵두나무와 꽃들이⋯⋯ 그래서 나는 집으로 돌아가는 걸 깜빡 잊었지.

뭐라구요?

내 생각에, 너도 그렇게 될 거야.

뭐라구요?

내 생각에, 너는 영국식 뒷마당에서 그네를 타고 놀았어.

경희는 내 생애 최초의 금지된 여자였다. 경희는 우리 가족과 함께 살았지만, 가족 누구도 경희를 입에 올리지 않았기 때문이다. 가족 누구도 경희를 바라보지 않았기 때문이다.

경희에 대해서 말하는 것은 금지되었다. 경희를 부르거나 경희를 입에 올리는 것도 금지였다. 비록 경희는 자신의 골방에서 나오는 적이 거의 없긴 했지만, 그래도 간혹 집 안에서 경희와 마주쳐도, 가족들은 마치 경희가 거기 없는 것처럼 행동했다. 경희에게 말을 걸거나, 경희의 몸에 손을 대거나, 경희와 눈을 마주치거나, 경희의 얼굴을 마치 정말 사람에게 하는 것처럼 바라보아서도 안 되었다. 단지 경희가 지나갈 수 있도록, 더욱 정확히는 경희와 몸이 닿지 않도록 살짝 길을 비켜 주는 것만이 허용되었다. 물론 경희가 가족의 식탁에 함께 앉아 밥을 먹은 적은 단 한 번도 없었다.

경희와 관련된 금지의 분위기에는 독특한 점이 있었다. 비록 그것이 아주 엄격하고 철저한 성격이기는 했으나, 결코 분명한 지시의 형태를 띠지는 않았다는 것이다. 우리는 경희와 관련해서 그 어떤 직접적인 명령이나 주의도 받은 적이 없었다. 그녀를 바라보면 안 된다거나 그녀를 입에 올려서는 안 된다는 말은 한 번도 듣지 못했다. 기껏해야 쉿! 하는 짧고 함축적인 경고의 신호가 전부였다. 무심코 경희가 있는 이층 구석방을 가리킨다거나, 말하는 도중 부주의하게 경희가…… 라는 이름을 불쑥 언급하기라도 한다면, 당장 어른들의 입에서는 그런 암시적인 질책이 가볍지만 매서운 채찍질처럼 튀어나왔다.

아무도 그녀가 누군지 말해 주지 않았고 묻는 것도 금지되었으므로, 우리는 당연히 그녀가 누군지 몰랐다. 몰랐어야만 했다. 그러나 우리는 어렴풋한 예감을 갖고 있었다. 우리가 없는 자리에서 행해지는 숨죽인 오랜 전화 통화, 숙모들과 삼촌들이 보여 주는, 공통의 비밀을 지닌 자들 특유의 복잡하고 침울한 어두운 표정, 우리가 없는 방에서 소곤거리며 몇 시간씩 이어지는 비밀스러운 대화, 닫힌 문 뒤에서 결정되는 어떤 한 사람의 운명. 어른들이 말이 아닌 표정과 태도, 은밀하고도 억눌린 행동 등으로 어쩔 수 없이 누설하고 있는 그것은, 경희가 다름 아닌 우리 가족과 피로 연결된 사람이며, 따라서 친척이라고 불려야 마땅한 일원이라는 사실이었다.

우리가 알지 못하는 괴이한 병을 앓는 경희는 일생 동안 모종의 클리닉에서 살아왔는데, 갑작스러운 어떤 이유로 인해 그곳을 떠나야 했고, 그래서 경희의 거처를 마련하고 그녀를 돌보는 책임을 떠맡게 된 친척들이 할 수 없이 몇 개월씩 돌아가면서 그녀를 집에 데리고 있어야 한다는 것을, 우리는 막연하게 눈치채고 있었다.

나는 경희를 통해서 비밀과 거짓말을 배웠다.

경희는 내 최초의 비밀, 최초의 거짓말이었다. 가족 아닌 사람에게 경희의 존재를 누설하는 것은 알려지지 않은 죄에 속했으므로. 예를 들어서 누군가 우리 집에 몇 명이 사느냐고 물을 경우 우리는 여섯이 아니라 다섯이라고 대답해야만 했다. 그 숫자 안에 경희는 없었다. 가족들과 이야기할 때, 마치 집 안에 우리들만이 살고 있는 것처럼, 그런 식으로 상황을 설정하고 대화를 이어 나가는 법을 자연스럽게 터득하기도 했다.

경희는 경희였다. 다른 여자 친척들처럼 숙모나 아주머니, 이모나 고모 등의 호칭을 갖지 못했다. 경희는 말하거나 부르는 대상이 되지 못했으므로 어차피 상관없는 일이기도 했다. 하지만 어느 날 나는 문 뒤에서 어른들이 하는 말을 우연히 들었으므로, 그녀가 할머니의 막내 여동생이라는 것을 알고 있었다. 이미 오래전에 망자가 된 할머니보다 나이가 스무 살이나 더 어린 여동생. 물론 혼외자이자 배다른 여동생이다.

할머니의 배다른 막내 여동생을 일반적인 친척 관계에서는 어떤 호칭으로 불러야 하는지, 나는 알지 못했다.

경희는 금지였지만 동시에 혼자의 상징이기도 했다. 비록 우리들과 같은 집에서 살았지만 그것은 임시적인 조치일 뿐이고 곧 어딘가 다른 곳으로 떠나게 되리라는 것을 우리 모두 알고 있었다. 경희는 할머니의 막내 여동생이지만 우리 가족에게 속한 사람이 아니었다. 우리는 경희에게 친절하게 대할 필요도 없었고, 경희를 존경할 필요도 없었다. 경희는 혼자였기 때문이다. 일생 동안 클리닉에서 살았고 한 번도 결혼한 적이 없으며, 자신의 집이나 가족을 갖지 못했기 때문에 경희는 혼자였다.

어른들의 전화 통화에서 나는 얼핏 지나가는 말로 "뇌수막염"이란 용어를 들은 것 같았다.

그것이 반드시 경희를 지칭하는 말이었는지는 분명하지 않다. 하지만 지금 돌이켜 생각해 보면, 나는 아마도 그 이유로 인해서 경희가 바보일지도 모른다는 막연한 느낌을 갖고 있었을 것이다.

나는 '뇌수막염'이란 낯선 어휘를 사전에서 찾아보았다.

나는 '혼외자'라는 낯선 어휘를 사전에서 찾아보았다.

최초의 비밀, 죄의식을 가질 필요가 없는 태연한 거짓말, 관련자들끼리만 나누는 음모를 경험한 것을 제외하면 경희가 온 이후로도 가족들의 생활은 겉으로는 달라진 점이 전혀 없었다. 단지 일주일에 3일만 오던 출근 가정부가 매일 오게 되었다는 점만 제외하고는. 경희에게 식사를 주고 경희의 방을 청소하는 것은 가정부의 일이었다.

처음에 집으로 와서 살기 시작한 최초의 며칠을 제외하고는, 경희는 더 이상 내 관심사가 아니었다. 금지된 것에 대한 호기심은 빠르게 사그라들었다. 실제로는 아무 일도 일어나지 않았기 때문이다. 현실은 금지와 무관했다. 현실은 혼자와도 무관했다.

경희는 거의 눈에 뜨이지 않았다. 어른들은 계속해서 소곤거렸지만 그냥 그것뿐이었다. 달라진 것은 아무것도 없었다. 교사인 어머니는 네 번째 아이를 임신한 채로 여전히 매일 학교로 출근했다. 어머니의 배는 점점 불러왔다. 우리들 앞에서 나누는 부모님의 대화는 예전보다 더욱 자주 끊어지며 더욱 짧게 끝나곤 했다. 혹은 갑자기 둘 다 방으로 들어가서 우리가 들을 수 없는 곳에서 대화를 계속하곤 했다. 어머니와 아버지 사이에는 우리가 이해하지 못하는 모종의 갈등이 발생한 것이 분명했지만, 어떤 종류의 갈등인지 도무지 짐작할 수 없었다. 나는 한 번 어머니가 방에서 아버지와 대화를 나누면서 우는 소리를 들었다.

아기의 이름을 경희로 짓고 싶지 않아요.

하고 어머니는 울면서 말했다.

그러나 어린 시절은 대체로 명랑하게 흘러갔다. 나는 경희를 거의 잊었다. 그러므로 풍진에 걸리는 바람에 학교에 가지 않았던 어느 날 텅 빈 집 안에서 전혀 예상하지 못하게 경희와 문득 마주쳤을 때, 나는 두렵다기보다는 살짝 당황하고 어리둥절했다.

경희는 햇살이 환하게 비치는 이층 마루에서 책을 읽고 있었다. 나는 경희가 마루에 나와 앉아있는 모습을 한 번도 본 적이 없었으므로 매우 신기하게 경희를 물끄러미 바라보았다. 경희는 아주 편하고 행복해 보였는데, 그 또한 예상하지 못한 신기한 일이었다. 남자처럼 볼품없이 짧게 자른 경희의 머리는 완전히 백발이지만 주름진 피부는 아기처럼 잡티 하나 없는 우윳빛이어서 아무리 오래 들여다보아도 싫증나지 않는다는 사실을 그날 나는 처음 깨달았다. 경희는 할머니의 막내 여동생이었지만 내가 기억하는 할머니의 모습과는 너무도 많이 달랐다. 사내아이처럼 마르고 길쭉한 몸매는 비현실의 종이처럼 엷고 부피감이 없었다. 너무 작고 말라서 종이로 만든 인형처럼 보였다. 경희는 입으로 나지막이 소리 내어 책을 읽고 있었다. '뇌수막염'이란 단어가 내 머릿속에 떠올랐다. 그 병에 걸리면 바보가 된다고 어른들이 말했던 것이 기억났다. 책을 읽지도 못하고, 말조차도 잊어버린다고 했다.

경희가 읽는 책이 너무도 궁금한 나머지 호기심

을 억누르지 못한 나는 살그머니 그녀에게 다가갔다. 경희의 목소리는 마치 바람에 흔들리는 수많은 작은 종처럼 끊임없는 화음의 파도를 이루며 밀려왔다가 다시 밀려가고, 부드럽게 상승했다가 다시 고요히 가라앉기를 반복했다. 그것은 멀리서 들려오는, 참으로 아름다운 음악 같았다. 약간 기묘하고 어색한 발음은 전혀 방해가 되지 않았다. 나는 그녀의 목소리 자체에 귀 기울이고 있는 것이 즐거웠다. 경희는 내가 바로 곁으로 다가갈 때까지도 읽고 있는 페이지에서 조금도 시선을 떼지 않았고, 책 읽기에 완전히 몰두해 있었다. 경희는 자신이 읽고 있는 책 이외의 다른 사건이 이 세상에서 일어난다는 것을 전혀 믿지 않는 사람처럼 보였다.

경희는 앙상하게 마른 손에 책을 펴들고 있었다. 뼈와 가죽뿐인 그녀의 손은 열세 살인 내 손보다 더욱 작고 저절로 으스러질 듯 무력해 보였다.

무슨 책을 읽는 거예요? 나는 경희의 곁에 앉아 이렇게 물어보려고 했다. 환한 햇빛 속 창가에 놓아둔 허름한 나무 의자 위에 구부린 자세로 앉아서, 수백 수천의 작은 종들이 바람의 방향에 따라 밀려가고 밀려오는 듯한 목소리로 책을 읽고 있는 경희를 보고 있으니, 나는 문득 경희와 관련된 금지의 계율이 사실은 크게 위험하지 않은 호들갑일지도 모른다는 느낌이 들었다. 아름답게 이완된 경희의 부드러운 표정과 평화로운 모습이 내 막연한 경계심을 무너뜨렸다. 또한 지금 이 시간 아마도 가정부는 시장을 갔음이 분명하고 집 안에는 아무도 없다는 확신이 나를 안심시키기도 했다. 내가 경희에게 말을 거는 모습을 아무도 보지 못할 것이기 때문이다.

무슨 책을 읽는 거예요? 나는 경희의 곁에 앉아 이렇게 물어보려고 했다. 그러나 경희에게 다가가서 그녀가 읽는 책을 들여다보았을 때, 내 말문은 막히고 말았다. 그것은 책이 아니었다. 책처럼 두꺼운 표지가 달렸고 책처럼 제본이 되어 있었으나 그것은 아무것도 인쇄되지 않은 노트였다. 노트의 모든 페이지는 비록 오래되어 누렇게 바래고 얼룩이 져 있기도 했으나, 그 어떤 글자도 없이 깨끗한 백지였다.

지금도 나는 어린 시절 풍진을 앓던 한낮 이층 마루를 떠올릴 때면, 다른 무엇보다도 수백 수천 개의 작고 가벼운 종들이 아주 미세한 시차를 가지며 한꺼번에 울리는 듯했던 경희의 목소리를 가장 먼저 듣는다. 나는 방에서 나온다. 경희는 보이지 않는다. 경희의 몸은 없다. 그러나 시간을 공명하는 경희의 목소리는 어린 시절의 그 햇빛 속에 여전히 떠 있다.

완전히 몰두한 채 그녀가 들여다보고 있던 텅 빈 페이지들 위로 가벼운 날개를 가진 수많은 나방이 일제히 낮게 떠오른다. 은빛의 나방은 시간의 겹 속으로 사라진다.

경희는 아무것도 인쇄되지 않은 페이지들을 읽고 있었다. 나는 마침내 영국식 뒷마당으로 가는 길을 찾아낸 거야……. 그것이 내가 그녀에게서 알아들은 최초의 문장이었다.

내 생각에, 나는 마침내 영국식 뒷마당으로 가는 길을 찾아낸 거야. 그 문장을 듣는 순간, 정체모를 어떤 매혹이 나를 사로잡아 버린 것이 분명했다. 나는 경희의 곁에 주저앉았고, 홀린 듯이 그녀의 입에서 시선을 떼지 못하며, 그녀가 책 읽는 소리에 귀를 기울이다가, 마침내는, 믿을 수 없게도 그녀와 긴 대화까지 나누게 되었다. 그녀의 어눌한 듯한 발음과 고집스럽게 회피하는 눈길, 그리고 참으로 기묘하게도 매번 '내 생각에……'라고 시작되는 말투는 호기심에 사로잡힌 나를 크게 방해하지 않았다. 그날 경희에게서 들은 이야기는 내 안에 아로새겨졌다. 내 안의 깜깜한 고대 동굴에 최초의 누군가 횃불을 들고 들어왔고, 그을음과 재, 동물의 기름과 붉은 흙으로 죽지 않는 화려한 벽화를 남겼다. 나는 그것을 굳이 기억해 낼 필요도 없었다. 그것을 바라볼 필요도 없었다. 그것은 그냥 그 자체로 내 안에 있었다. 그것은 내 안에서 나와 함께 살았다. 그것은 나였다. 그것은 내 피부이자 감각이었다.

어떤 길이었는데요?

내 생각에, 집의 지하실로 통하는 계단을 내려갔다가, 지하실로 들어가지는 말고 도중에 왼쪽으로 난 작고 그늘진 소로로 접어든 후 비탈의 떨기나무 관목을 헤치고 몇 걸음만 위로 올라가면 그곳에 영국식 뒷마당이 숨어 있었거든.

어떤 곳이었는데요?

내 생각에, 거긴 그냥 작은 안마당이고, 한쪽 끝에서 다른 쪽 끝으로 달려가면 숨이 차기도 전에 높은 담장에 가로막혀 버리는 곳이야. 거긴 소리가 없었어. 거긴 고양이도 자전거도 아이들도 없었지. 하지만 거긴 아주 큰 앵두나무가 한 그루 서 있었단다. 내가 그곳에 갔을 때는 여름이었고, 오전에서 오후로 막 넘어갈 무렵이라 뒷마당 가득히 햇빛이 쏟아지고 있었어.

그리고요?

내 생각에, 바닥에 깔린 초록색 이끼와 풀 위로 잘 익은 빨간 앵두가 가득 떨어져 있었어.

앵두를 먹었나요?

내 생각에, 잘 익은 빨간 앵두를 배가 부를 때까지 주워 먹었지……. 그렇게 붉고, 크고, 탐스럽고, 달콤한 앵두는, 나는 단 한 번도 먹어 본 적이 없었단다.

그리고요?

내 생각에, 난 오후 내내 거기서 놀았어.

혼자서요?

내 생각에, 혼자서.

왜 다른 아이들을 불러 오지 않았어요? 심심하지 않았나요?

내 생각에, 왜냐하면 거기…… 커다란 앵두나무 높은 가지에 그네가 달려 있었거든. 거무스름하게 변하고 매우 낡긴 했지만 그네를 묶은 밧줄은 아직도 충분히 튼튼했어. 나는 그네를 좋아했단다. 사실은 반쯤 정신을 잃을 정도로 좋아했어. 그건 춤을 추다가 저절로 하늘을 나는 기분이었거든. 나는 거기서 그네를 타고 하루 종일 놀았던 거야.

정말 혼자서요?

내 생각에, 혼자서.

그래도…… 지루하거나 쓸쓸하지는 않았나요?

내 생각에, 지루하지도 쓸쓸하지도 않았어. 왜냐

하면…… 그곳은 아주 조용하고, 그곳은 소리가 없었으니까. 그곳에서 내 마음은 소리 없이 두근거렸으니까. 소리 없이 너울너울 파도쳤으니까. 그곳에 있으면 나는 벅차고 행복했어. 그때 나는 생애 최초로, 다른 누구와도 나누고 싶지 않은 것들을 발견한 거야. 오직 나만을 위해서 거기 있는 듯한 앵두나무, 그네, 그리고 오직 나만이 알고 있는 은밀한 영국식 뒷마당을. 뒷마당은 담장으로 둘러싸여 있는데, 담장은 내 키보다 훌쩍 높았지만 낡고 오래된 돌담이라서 군데군데 틈새가 있었어. 난 넓적하고 판판한 돌 위에 올라서서 벽돌과 벽돌 사이로 난 조그만 균열을 통해서 바깥을 내다볼 수가 있었단다. 믿을 수 없게도 담장 너머로는 초록이 눈부신 들판이 가득 펼쳐져 있었지. 나지막한 구릉들이 고요한 파도처럼 겹겹이 넘실대는 전원 풍경이었어. 먼 하늘에는 은은한 무지갯빛이 거대한 만곡을 그리며 드리워졌고, 한 마리 매가 허공을 천천히 활공하고 있었어. 숲 가장자리 텅 빈 오솔길 양옆으로는 높이 솟은 사이프러스 나무들이 움직이지 않는 불꽃처럼 짙은 초록으로 활활 타오르고 있었어. 구릉들 여기저기에는 야생 루핀이 가득 흩어진 채 피어 있었단다. 나는 그네를 타다가 지치면 풀 위에 앉아 앵두를 주워 먹고, 그리고 담장 틈새로 바

깥의 들판을 내다보면서, 그렇게 하루 종일 혼자 놀
았어.

아름다워요. 그런 들판은 한 번도 실제로 본 일
은 없어요. 원래 집 근처에 그렇게 아름다운 들판이
있었나요?

내 생각에, 그렇지 않아. 난 집 근처에서 그런 곳
을 한 번도 본 적이 없었어. 그건 오직…… 영국식 뒷
마당의 담장 틈새를 통해서만 보이는 풍경이었단다.

그런데 그곳이 왜 영국식 뒷마당이라고 불렸던
거예요?

내 생각에, 모두들 그 집을 빨간 지붕 집 혹은 영
국식 집이라고 불렀으니까. 그래서 내가 발견한 뒷마
당도 자연스럽게 영국식 뒷마당이 된 거야.

왜 모두들 그렇게 불렀어요?

내 생각에, 사람들이 말하기를, 그 집에서 오랫
동안 영국 사람이 살았다고 했어.

영국 사람요?

내 생각에, 사람들이 말하기를, 그 영국 사람은
백발이 어깨까지 길게 내려오고 커다란 파란 눈알은
눈썹 뼈 아래 움푹 깊이 박혀 있으며 환자처럼 창백
하고 투명한 피부에는 아주 엷은 금빛 털이 가득 나
있었다고 해.

그러면 혼자 앵두를 먹으며 그네를 타고 놀다가 그 영국 사람과 갑자기 마주치기라도 하면 아주 무서웠겠어요.

내 생각에, 그렇지 않아. 나는 그 영국 사람과 한 번도 마주친 적이 없어.

단 한 번도요?

내 생각에, 단 한 번도.

이상한 일이네요. 자기 집 뒷마당에 누군가 몰래 숨어들어 와 그네를 타고 하루 종일 놀다 가는데도 전혀 알아차리지 못하다니.

내 생각에, 그 영국 사람은 사실 이미 오래전에 죽었기 때문이야. 사람들은 말했단다. 그는 오래전에 그 집에서 홀로 죽었고, 자신의 뒷마당 앵두나무 아래에 묻혀 있다고.

그리하여 아주 많은 시간이 흐른 어느 날, 한 사람이 내게로 몸을 돌리고, 나를 물끄러미 들여다보면서, 매혹적인 이야기를 좀 들려줘요, 하고 말했을 때, 일생 동안 오직 고요히 침묵만 하고 있던 수백 수천의 작은 종들이 비로소 내 안에서 일제히 울리기 시작했다. 수백 수천의 은빛 투명한 나방들이 날갯짓을 시작했다. 은은한 울림이 밀려가고 밀려왔다. 격

한 파도가 되어 부풀었다가 부드러운 거품처럼 아래로 꺼지기를 반복했다. 한 사람이 말했다. 나에게 매혹적인 이야기를 좀 들려줘요. 내 안에서 영국식 뒷마당이 드디어 모습을 드러내며 오랜 물 위로 떠올랐다. 내가 떠올랐다. 그리고 나는 영국식 뒷마당으로 들어갔다.

그런데 그건 무슨 책이에요?

내 생각에, 영국식 뒷마당 이야기야. 경희는 여전히 나를 바라보지 않으면서 대답했다.

글자가 하나도 안 적혀 있는데, 어떻게 읽는단 말이에요?

내 생각에, 이건 영국식 뒷마당 이야기야, 하고 그녀는 반복해서 말했다. 그리고 나를 무시한 채 다시 책 읽기에 몰두했다.

나는 마침내 영국식 뒷마당으로 가는 길을 찾아낸 거야.

왜 자꾸 같은 말을 읽고 그래요? 다음 부분도 읽어 줘요. 나는 어느새 그녀에게 조르고 있었다.

내 생각에, 영국식 뒷마당 이야기는 반복되는 거야.

그건 왜요?

내 생각에, 나는 매일 영국식 뒷마당에서 잠이 들고, 매일 저녁 영국식 뒷마당 앵두나무 아래서 잠에서 깨어나니까. 매일 영국식 뒷마당을 반복해서 보게 되는 거야.

아무 데도 안 가잖아요. 하루 종일 집에만 있는 거 아니었어요?

내 생각에 난 오늘도 영국식 뒷마당에서 그네를 타고 놀았어.

오늘도요?

내 생각에, 그래 오늘도.

경희는 다시 책을 읽기 시작했다. 나는 가만히 앉아서 경희의 목소리를 들었다. 나는 경희가 읽고 있는 이야기에 점차 홀려 버렸다. 그것은 이상한 노래 같았고, 여러 가지 동화에서 한 조각씩 가져와 이어 붙인 연결되지 않는 만화경 같기도 했으며, 거꾸로 돌아가는 필름 같기도 했고, 미친 여자의 독백, 혹은 잠든 사람의 무의미한 웅얼거림, 혹은 고양이나 뻐꾸기의 울음처럼 이해할 수 없는 소리 같기도 했다. 하지만 그것은 나를 매료시켰다. 그것은 자꾸만 도중에 '난 오늘도 영국식 뒷마당에서 그네를 타고 놀았어'라는 문장이 후렴구처럼 반복되었는데, 그것의 음악적인 효과는 이야기에 신비한 힘을 불어넣었다.

어린 경희는 그네를 타고 논다. 한 사람의 그림자가 영국식 집 창가를 스윽 스쳐 지나간다. 그리고 그 순간 경희에게 어떤 목소리가 들려온다. 그것을 놀라워하지 않는 어린 경희가 나를 매료시켰다. 어린 경희는 빨간 앵두를 주워 먹는다. 잠겨 있는 현관문은 영국식 빨강으로 칠해졌다. 뒷마당 벽 틈새로 내다보면 그곳은 일 년 내내 푸르른 여름 벌판이며, 비가 오나 눈이 오나 항상 하늘에는 무지개의 만곡이 너울거렸으며 항상 보랏빛 루핀 꽃들 위로 투명한 날개를 가진 나방들이 날아다녔다. 그런 이야기들이 나를 매료시켰다. 이야기뿐 아니라 그것을 읽는 경희의 모습도 나를 매료시켰다. 경희는 마치 한 줄 한 줄 정말로 글자를 읽어 나가는 것처럼 눈동자를 일정하게 움직였으며, 한 페이지를 다 읽은 다음에는 다음 페이지로 당연한 듯 시선을 옮겼고, 규칙적인 간격으로 책장을 넘기기까지 했다. 그 모든 행동이 지극히 자연스럽고 합당했으므로 경희의 책 읽는 모양만으로는 그녀가 읽는 책의 페이지들이 텅 비어 있다는 사실을 아무도 눈치채지 못했으리라.

그래서요? 나는 도저히 참지 못하고 경희의 무릎에 살짝 손을 대고 흔들기까지 했다. 단단하고 포동포동한 내 손바닥 아래서 그녀의 늙은 무릎은 금방이라도 산산이 분해되어 공중으로 날아가 버릴 것처럼 가볍고 불안하게 흔들렸다. 그래서 그곳 영국식 뒷마당에 누가 나타났다는 거예요?

내 생각에, 누군가 나에게 말을 걸어왔어. 누군가의 그림자가 집 안에서 나를 내다보고 있었어. 그림자는 창가를 스윽 지나쳐서 걸어갔지. 영국 사람이 죽은 이후로 현관문이 잠겨 있으므로 아무도 집 안으로 들어갈 수는 없었는데. 그리고 목소리가 나타났어. 나에게 말을 걸었지. 하지만 어떤 사람의 모습이 나타난 건 아니야.

나타나지 않은 사람이 말을 걸어올 수가 있나요?

내 생각에, 그 사람은 형상이 아니라 목소리니까 말을 걸어올 수 있어.

어떻게요? 보이지도 않는 사람이?

내 생각에, 그 사람은 나에게 앵두나무 아래를 조금 파 보라고 했어.

그 사람이 어디에 있었는데요?

내 생각에, 그 사람은 그냥 그렇게 말하기만 했어.

그래서요?

내 생각에, 나는 앵두나무 아래를 조금 팠지.

삽이 있었나요?

내 생각에, 나는 두 손으로 앵두나무 아래를 조

금 팠지.

그래서요?

내 생각에, 거기에 책이 있었어.

무슨 책?

내 생각에, 이 책이. 경희는 자신이 들고 있는 글자가 없는 책을 비스듬히 가리켰다. 여전히 시선은 나를 향하지 않은 채로.

이 안에 영국식 뒷마당 이야기가 들어 있는 거로군요?

내 생각에, 이 안에는 영국식 뒷마당에서 그 사람의 그림자가 나에게 하는 말들이 들어 있어.

그리고 그 남자는, 보이지 않는, 집 안에서 그림자로만 스윽 지나갔다는 그 남자는 어떻게 되었어요?

내 생각에, 그는 여전히 영국식 뒷마당에서 나를 기다려.

기다린다구요?

내 생각에, 그는 나를 기다려. 내 생각에, 그는 나를 보고 싶어 하고, 나도 그를 보고 싶어 해. 우리는 매일 영국식 뒷마당에서 만나.

무섭지 않아요?

내 생각에, 그를 처음 만났을 때, 나는 열세 살이었어. 경희는 한동안 침묵하며 물끄러미 책을 들여다보다가, 혼잣말처럼 대답했다.

　무섭지 않아요? 보이지 않는 사람이라면서.

　나는 경희의 말을 어디까지 믿어야 할지 알지 못했다. 그러나 나는 스스로도 이해할 수 없을 만큼 그녀의 이야기가 마음에 들었다. 그리하여 내 깊은 사로잡힘은 내 믿음을 이겼다. 나는 홀린 듯이 경희를 올려다보면서 대답을 졸랐다.

　내 생각에, 난 오늘도 영국식 뒷마당에서 그네를 타고 놀았어. 이것은 모두, 그 사람이 나에게 들려주는 말이야. 그는 내가 영국식 뒷마당에 가서 그네를 타고 놀 것임을 잘 알고 있으니까. 그리고

　경희는 잠시 말을 멈추고 책의 한 페이지를 물끄러미 응시하더니 더듬거리며 덧붙였다. 내 생각에, 너도 그렇게 될 거야.

　뭐라구요?

　내 생각에, 너는 영국식 뒷마당에서 그네를 타고 놀았어.

　그때 아래층에서 가정부가 시장에서 돌아온 듯한 기척이 들렸다. 이제 나는 방으로 돌아가야 한다. 내가 경희와 함께 있는 것을 알면 가정부가 어른들에게 일러바칠 것이기 때문이다. 어른들은 내가 풍진에 걸렸기 때문에 가만히 자리에 누워 있어야 한다고 야

단을 칠 것이다. 풍진에 걸리면 헛것이 보이거나 들린다고, 그리고 구역질을 동반한 이상한 현기증이 난다고 말할 것이다. 잘못하면 풍진은 뇌수막염으로 발전된다고 겁을 줄지도 모른다. 그러면 나는 일생 동안 클리닉에 살면서, 단 한 번도 그곳을 떠나지 못하고, 결혼을 하지도 못하고 가족을 갖지도 못한 채 일생 동안 지속되는 환영에 시달리게 될 거라고 겁을 줄지도 모른다. 아무도 나를 사랑하지 않고 나 또한 아무도 사랑할 수 없게 될 거라는 은근한 암시로 겁을 줄 것이다. 이층 계단을 올라오는 가정부의 발자국 소리가 소리가 들리자, 나는 당장 방으로 달려가야 할 순간이 도래했음을 알았다. 그 생각이 들자 이유는 알 수 없으나 마치 어떤 충격적인 경험에 마음을 다친 느낌이었다. 나는 아픔을 느꼈으나, 그 통증은 불분명하고 차라리 추상적이었다. 그것은 고통보다는 불안에 가까웠다. 나는 당장이라도 이불 속에 기어들어가 눈꺼풀이 채 내리덮이기도 전에 깊은 잠으로 빠져들고 싶었다. 나는 이유 없이 울고 싶었다. 아무도 듣지 못하는 곳에서 소리 내어 울고 싶었다.

경희의 목소리가 수백 수천의 작고 가벼운 종처럼 울렸다. 경희는 계속해서 규칙적인 간격으로 페이지를 넘기며 글자 없는 책을 읽어 나갔다. 가정부가 쿵쿵거리며 계단을 올라오고 있던 짧은 그 순간, 나는 여전히 경희의 이야기에 매료되었다. 경희는 나를 잊어버린 듯했고, 내가 거기 있다는 사실을, 심지어 내가 거기 있었으며 그녀와 대화를 나누기까지 했다는 사실을 완전히 잊은 듯했다. 좀 더 정확히 표현하자면 경희는 자신을 잊은 듯했다. 자신이 거기 있으며, 거기 있었다는 사실을 완전히 잊은 듯했다. 불현듯 나는 알게 되었다. 경희는 오직 자신이 읽고 있는 그 이야기로만 거기 존재한다는 것을. 그 이야기로만 평생을 살고 있었다는 것을. 경희는 열세 살 어느 날, 한때 선교사가 살던 영국식 뒷마당에서 목소리와 그림자로만 존재하는 어떤 사람을 만났는데, 이후 그가 일생 동안 경희를 따라다니며 경희와 항상 함께 있었기 때문이다. 그는 경희의 뒷마당에서, 영원히 디뎌보지 못할 담장 뒤편의 보랏빛 루핀 들판에서, 어딘지 지명조차 알 수 없는 먼 변두리 경희의 클리닉에서, 머리를 사내아이처럼 똑같은 모양으로 짧게 자르고 줄무늬 파자마를 입은 이십 명의 다른 여자 환자들과 공동으로 사용하는 경희의 클리닉 침실에서, 황폐한 타일 욕조가 놓인 환자용 공동 목욕탕에서 경희와 함께 있었다. 그러나 또 다른 밤의 시간 동안, 그는 경희를 데리고 클리닉을 탈출했으며, 경희는 더 이상 줄무늬 파자마 차림의 말라빠진 늙은 수용자가 아니었다. 그들은 함께 손을 잡고 영국식 뒷마당으로 갔고, 그곳에서 그네를 타고 놀았다. 그들은 달빛을 향해 춤을 추었다. 그런 밤, 영국식 빨강으로 칠해진 현관문이 열렸다. 앵두나무에서는 그들이 수천 년을 먹어도 다 먹지 못할 만큼 많은 열매들이 붉은 비처럼 떨어져 내렸다. 심지어 그들은 투명한 두 마리 나방이 되어 담장을 넘어 루핀의 들판 위를 훨훨 날아다니기조차 했다. 달빛이 휘황한 밤 검푸른 호수 위에는 그들의 날개에서 떨어져 나온 곱고 투명한 입자들이 반딧불처럼 발광하곤 했다. 나는 경희의 이야기에 여전히 매료되었다.

그리하여 난 오늘도 영국식 뒷마당에서 그네를 타고 놀았어.

이층 계단을 올라오는 가정부의 발자국 소리가 점점 가까이 들리자, 나는 지금 당장 방으로 달려가야 할 순간이 도래했음을 알았다. 나는 '뇌수막염'이란 낯선 어휘를 떠올렸다. 나는 경희가 일생 동안 클리닉에서 살았으며, 단 한 번도 그곳을 떠나본 적이 없고, 경희는 일생 동안 혼자였고, 결혼한 적도 아이를 낳은 적도 여행을 떠난 적도 없다는 것을 잘 알고 있었다. 아무에게서도 사랑을 받지 못했고 아무도 사랑하지 못했음을 잘 알고 있었다. 경희는 밤에 클리닉을 빠져나올 수 없다. 그곳은 경비원이 지키고 있고 입구는 자물쇠가 달린 창살문으로 막혀 있기 때문이다. 클리닉의 수용자인 경희는 혼자서 영국식 뒷마당으로 가지 못한다. 설사 경희의 말대로 그런 곳이 실제로 존재한다 할지라도 말이다. 나는 울고 싶었다. 소리 내어 울고 싶었다. 아마도 풍진 탓일 것이다. 그리고 어쩌면 경희는 바보일지도 모른다고, 마음 한구석에서 비밀스러운 생각이 다시 고개를 쳐들었다.

부엉이에게 울음을

두 번째 이혼을 결정했을 때 나는 스물아홉 살이었다. 그리고 그즈음 막연하게 작가가 되면 어떨까 하는 생각이 처음으로 들었다. 두 사건 사이에 어떤 연관이 있는지는 알 수 없지만, 나는 그 생각이 마음에 들었다.

마음에 들었을 뿐이다. 내가 정말로 작가가 될 수 있으리라고는 물론 생각하지 않았다. 그것은 작가가 되고 싶은 소망 따위와도 거리가 멀었다. 배우가 되면 어떤 기분일까, 만약 외국에서 살게 된다면 어떨까 하는 충동적이고 진지하지 않은 호기심에 가까웠다.

마치 누군가, 배우와도 외국과도 관련이 없이, 그렇게 즉흥적으로 타자기에 쳐 넣었을 뿐, 어디서 왔는지 알 수 없는 임의의 글자와도 같은 것. 구체적인 사건이 아니라서 더욱 매료시키는 것.

글이나 책에 대해서는 아는 것이 아무것도 없었으며 심지어 단 한 번도 글을 써 본 적이 없었다. 누군가 그것에 대해서 묻는다면, 단지 나는, 다락방에서 어린 시절을 보낸 것이 전부라고 대답할 수밖에 없다.

어린 시절의 다락방에는 온갖 잡동사니들이 쌓여 있었는데, 그 대부분은 더 이상 아무도 읽지 않는 낡고 오래된 책이었다. 그냥 많은 정도가 아니라 책들의 산더미, 책들의 요새이자 성벽이었다. 책들의 나라이고 왕국이었다. 책은 책장이 아니라 바닥에 그냥 쌓여 있었는데, 천장까지 닿는 세 겹 네 겹의 벽을 이루었다. 사방 어디를 둘러보아도 오직 책뿐이었다.

나는 내가 책들의 바다에서 태어나 홀로 표류하는 아이라고 생각했다.

나는 다락방의 먼지에서 홀로 자라난 아이였다. 내가 오직 다락방에서 생애 초반기의 대부분을 홀로 보낸 이유 중의 하나는 그 안에 아무렇게나 쌓여있으면서 더 이상 아무에게도 읽히지 않는 책들을 홀로 들춰보는 재미를 알았기 때문이다. 위의 문장들에서 가장 의미심장하며 결정적인 어휘는 다락방이나 표류나 먼지가 아니라 〈홀로〉이다. 나는 벽과 벽 사이의 좁은 공간, 졸음과 잠 사이의 불명확한 시간, 현기증과 침울함 사이에 놓인 보이지 않는 기찻길에 항상 마음에 끌렸다. 그것은 모두 〈홀로〉의 세계였기 때문이다.

다락방의 책들은 동화를 제외하면 대부분 글자가 세로로 인쇄되어 있었지만 나에게 그리 큰 문제는 아니었다.

나는 제목이 마음에 드는 책을 발견하면 설사 책 무더기의 가장 아래에 있더라도 어떻게든 빼내버린다. 잘못하면 책들의 산은 와르르 무너진다. 그러면 그 뒤편에 쌓여있는 책더미의 폐허가 새로이 드러나고, 거기서 우연히 흥미로운 제목을 발견한다. 혹은 우연히 펼쳐진 페이지에서 흥미로운 삽화를 발견한다. 나는 처음의 책을 잊은 채 뒤편 책더미를 파헤치기 시작한다. 두 번째 책의 성벽이 와르르 무너진다. 무너진 책들 사이에서 내가 읽지 못하는 한문과 로마 알파벳으로 적힌 제목이 나타난다. 나는 호기심에 차서 책장을 넘기다가 신기한 삽화가 들어있는 페이지에서 눈을 떼지 못한다. 한 남자가 나체로 서서 하늘을 향해 두 팔을 치켜들고 있다. 남자는 사람의 흔적이 없는 호숫가에 서 있으며, 호수 주변으로는 마치 흘러내리는 생명체와도 같은 기괴한 모양의 암석 구릉들이 즐비하다⋯⋯ 그것은 내가 모르는 신비의 천체를 보고 있는 것 같으며 그 가운데서 남자는 어떤 황홀경에 빠져있는 것이 분명하다. 하지만 나는 내용을 읽을 수가 없다. 책을 원래 자리에 꽂아두려고 하다가 또 다른 책들에 눈길을 사로잡힌다. 붉은색 단단한 표지에 붓글씨체로 제목이 들어간 책들. 정체를 누설하지 않는 비밀스러운 문자들. 우뚝 서 있거나 길게 누워 있거나 팔로 고개를 고인 채 잠들어 있는 형상의 문자들. 고대 거인의 손자국을 연상시키는 문자들. 깃발에 그려진 문장(紋章)과도 같은 엄숙하고 장엄한 문자들. 성숙하며 비밀스럽고 혹은 퇴폐한 느낌의 세계들. 종종 문자는 그림이나 사진처럼 그 형상 자체로 언어이고 상징이고 징후였다. 나는 읽을 수 있는 글자를 빨아들였고, 읽을 수 없는 글자는 나를 빨아들였다. 그런 책들을 한없이 뒤적이다 보면 뒤편에 숨겨져 있던 또 다른 책의 벽이 드러난다. 하나의 트로이 안에 또 다른 트로이가 있고 그 안에는 더 이전의 트로이가 묻혀 있으며 이전의 트로이 안에는 그보다 더 오랜 옛날의 트로이 폐허가 잠자고 있듯이, 그리하여 모든 트로이들이 저마다 더 오랜 트로이로 시간탐험가들을 이끌듯이, 책들은, 문자는, 점점 더 오래된 시간으로 나를 이끈다. 나는 영영 정체가 드러나지 않을 비밀을 향해서 점점 가까이 다가감을 느낀다. 점점 더 과거인 것을 향해, 점점 더 어떤 특정한 시간을 향해 점점 더 빠르게 수렴됨을 느낀다. 하나의 벽 뒤에서 피어오르는 더욱더 짙은 먼지의 벽, 그리고 점점 더 진하게 나를 파고드는 옛날의 공기와 죽은 꿈들의 냄새……。

나는 책더미에 기대앉아 땅거미가 깔리고 다락
방이 어두워질 때까지 읽고 또 읽었다. 밤이 되면 달
빛이 다락방 창유리를 통해 비쳐들었다. 차갑게 무거
워진 글자들은 조용하게 가라앉아 잠이 들었다. 글자
들 하나하나의 모양은 영웅이 들고 있는 검이며 청동
마스크를 쓴 검은 말, 깨진 거울, 테두리가 바스러진
레이스 옷자락, 한때 아름다웠던 여자들의 머리칼,
그리고 문양이 새겨진 항아리였다. 글자들의 숨소리
가 들렸다.

책을 읽다가 나도 모르게 잠이 들고, 그리고 깊
은 밤중에 저절로 잠에서 깨어나곤 했다. 그럴 때 내
손에는, 잠이 들기 전까지 읽었던 것과는 다른 책이
들려 있기도 했다. 그것은 스스로 나를 찾아온 내 꿈
의 책이었다. 그것이 여인의 젖처럼 요람처럼 나를
키웠다. 나는 눈꺼풀이 열리는 바로 그 순간, 어떤 우
연의 의도에 의해 내 손 안에서 펼쳐져 있는 것이 분
명한 그런 페이지의 구절들을 읽었다. 다락방의 불투
명한 유리창으로 달빛이 스며들었다. 창을 열면 불탄
벽돌과 젖은 신문지의 냄새가 났다. 밤의 냄새가 났
다. 꽃이파리와 고양이의 냄새가 났다. 나는 다시 잠
이 들었다. 책은 내 손에서 미끄러졌고, 우주의 머나
먼 다락방으로 회귀하듯이 책더미 사이로 묻혀버렸

다。 그래서 나는 예를 들자면

　밤은

　부엉이에게 울음을

　늑대에게 아기를 준다

　지금도 기억하고 있는 이 구절을 어떤 책에서 읽었는지 알지 못한다。

　다락방은 나의 유모였고 난파선이었다。 다락방은 최초의 말이었다。 내게로 찾아온 말이자 나로부터 발생하는 최초의 말이기도 했다。 다락방은 소리였고 감촉이었고 냄새였으며 불안이자 쾌락의 느낌 그 자체, 앞으로 전 생애 동안 내가 보고 듣고 느끼게 될 모든 것이었다。 다락방은 점치는 여자였다。 그녀는 내가 누구인지, 내가 어디로 가게 될 것인지를 말했다。 그녀는 말했다。 내 시간은 어느 순간에 과거와 미래의 길로 갈라진다。 그들은 서로 다른 얼굴을 갖는다。 그들은 점점 많아진다。 마치 내가 읽는 책처럼。 나는 이 얼굴이고 동시에 저 얼굴이다。 그들은 서로 길에서 마주치더라도 알아보지 못한다。 운명은 하나이자 동시에 천 개다。 그 누구도 단 하나의 운명을 갖지는 못하리라。 그 누구도 단 하나의 얼굴을 갖지는 못하리라。 오늘은 어제인 동시에 내일이다。 그녀는 내가 이해하지 못하는 것을 내가 이해하지 못하는 언어로 속삭이고 있었다.

어쩌면 나는 단지 이 이야기를, 첫 문장과 마지막 문장 사이의 모든 것을, 우연히 펼쳐든 페이지에서 발견하고 읽은 후 무의식적으로 기억해 내는 것에 불과할지도 모른다.

어쩌면 나는 단지 이 이야기를, 첫 문장과 마지막 문장 사이의 모든 것을, 우연히 누군가로부터 들었을지도 모른다. 어쩌면 잠든 내 머리맡에서 누군가가, 나는 다락방의 먼지에서 홀로 자라난 아이였다…… 로 시작하는 어떤 이야기를 읽어주었으며, 나는 어린 시절이라는 잠 속에서 그것을 들었을 것이다. 누군가 나에게 읽어준 그것이 자라나, 내 무의식의 기후와 식생과 풍경을 이루었다.

종종 누구도 나를 찾지 않는 지루하고 무더운 한낮 내내, 나는 오직 다락방에서 살았다. 앞집에 세든 젊은 여교사는 한가로운 주말 오전 종종 풍금의 페달을 삐걱삐걱 밟았고 아래층에서는 식모가 환한 햇빛 아래서 이불을 털었다. 열린 주방 창으로는 점심으로 먹을 국수 삶는 김이 피어올랐다. 곰팡이 빛으로 푸르게 그늘진 뒷마당에서 닭들이 꾸르륵대며 알을 품었다. 그리고 때로는 밤에도, 마치 누군가 나를 부르는 소리를 들은 것처럼 깊은 밤 불현듯 잠에서 깨었다. 기억해 내지 못하는 꿈이 나를 불안하게 만들었다. 그러면 어린아이용 침대에서 가만히 내려온 나는 다락방으로 올라가 바닥에 깔아둔 낡은 담요 사이로 기어들어가 몸을 움츠리고 다시 잠들었다. 하루가 왔고, 그리고 하루가 갔다. 나는 그렇게 자랐다. 골목길의 희미한 악취와 또래 아이들의 소음이 자욱한 안개로 고여있는 기나긴 한낮과 흰 부엉이의 밤 내내. 나는 그렇게 자랐다. 오직 다락방에서. 오직 홀로.

종종 벽 바로 앞에 세워진 책더미 가장 아래쪽에는 책이 가득 든 곰팡내 나는 박스가 있기도 했다. 누군가 이사를 가기 위해 짐을 싸 두었거나, 혹은 이사를 온 다음에 짐을 푸는 것을 잊어버리고 그대로 놓아둔 것처럼 보였다. 우연히 그런 박스에 손이 닿으면, 나는 그 안에 가득한 책들을 하나하나 다 꺼내서 읽을 만한 것인가 페이지를 넘겨보기도 했다. 어느 날 나는 그런 박스 안에서 앨범을 발견했다. 검은 가죽 표지의 아주 오래된 앨범이었다.

아기 손바닥만 한 작은 사이즈의 흑백사진들이

두터운 검은 마분지에 비닐 커버도 없이 고정되어 있었다. 사진들은 모호한 무표정의 사람들을 찍은 것이다. 그들의 무표정은 모두 동일한 모양의 흰 마스크를 쓴 듯이 닮아있었다. 그것은 내가 모르는, 알려지지 않은 과거의 세계였다. 사진 속 얼굴들은 종교적인 기운을 풍길 만큼 엄숙하게 보였지만 색채와 활기가 없었고, 하나의 폐쇄적인 공동체에 속한 구성원들이 대체로 그렇듯이, 감동을 불러일으키지 못했고 기묘한 방식으로 동일하게 흉했다.

언젠가 비가 많이 온 해에 다락방 지붕에서 물이 새는 바람에 앨범이 젖었다. 내가 앨범을 펼쳐보다가 책더미 위에 그냥 놓아두었기 때문이다. 절반 이상의 페이지에 물이 스며드는 바람에 사진들이 상당수 망가지고 말았다. 표지 귀퉁이에는 푸르스름한 곰팡이까지 피어서 헝겊으로 닦아내 보았지만 완전히 사라지지는 않았다. 사라지기는커녕 더욱더 넓게 퍼져갔다. 그러자 비로소 사진 속 얼굴들은 각자의 표정을 드러내기 시작했다. 그들은 말없이 일그러지며 저마다 개별적인 방식으로 고통을 표현했는데, 얼굴을 비틀어 고개를 돌리는 듯한 그 모습은 마치 내가 자신들의 죽음을 들여다보는 것을 원하지 않는다고 말하는 듯했다.

그들은 앨범 속에서 조용히 와해되었다. 푸르게 얼룩지며 썩어가다가 마침내는 시커멓게 뭉개지면서 형체 아닌 것으로 빠르게 변해갔다. 그들이 왔던 과거 속으로 다시 회귀해갔다.

모든 지나간 것들이 그렇듯이, 그들 중 아무도 살아남은 사람은 없음을 나는 직감했다.

앨범 속 사진들은 내 흥미를 자극할 만한 특별한 것이 없었지만, 그 안에서 발견한 엽서가 내 눈길을 끌었다. 발신자의 이름이 내 이름과 같았기 때문이다. 누렇게 바랜 엽서는 주소나 소인이 없으므로 우편으로 부친 것이 아니라 편지나 책 속에 넣어서 전달한 것 같았다.

도스토옙스키, 하고 첫줄에 약간 불안하고 불규칙적인 필체로 적혀 있었다.

도스토옙스키. 빌려주신 지하의 수기, 돌려드리며. 감사히 읽었습니다. 그리고 즉흥적으로 쓴 글을 투고했는데 운이 좋아서 실리게 된 잡지도 동봉합니다. 갑자기 무슨 일인가 하시겠지만 이곳에서의 체류는 매우 불행하기 때문에…… 1951년 12월 ○일

더 이상의 내용은 기억나지 않는다.

이미 도스토옙스키란 이름을 알고 있던 나는 지하의 수기가 책일 거라고 짐작하고는 다락방의 산더

미처럼 많은 책을 하나하나 뒤지기 시작했다. 하지만 며칠이 지나도 발견하지 못했다. 그리고 한참이 흐른 뒤 어느 날 문득, 아마도 지하의 수기라는 그 책은 러시아어로 된 것이 아닐까, 그래서 내가 발견하지 못한 것이 아닐까 하는 생각이 들었다. 다락방의 책들 중에는 내가 읽지 못하는 외국어로 된 책들도 꽤 있었기 때문이다.

그로부터 몇 년 뒤, 나는 불현듯 러시아어를 배워야겠다고 결심한 적이 있었다. 물론 다락방 앨범 때문이 아니라, 지금은 기억나지 않는 뭔가 다른 이유가 있었던 것 같다. 나는 시내로 나가서 외국어 교재 테이프를 파는 상점으로 갔다. "러시아어 테이프는 문법 해설이 영어로 된 것뿐이야. 우리나라에서 만든 것이 아니거든. 그래도 괜찮겠니?" 하고 주인이 말했다. 영어 해설을 알아들을 자신이 없었던 나는 결국 포기하고 집으로 돌아왔다.

학교를 그만두고 집을 떠나온 이후, 나는 단 한 권의 책도 소유하지 않았고 단 한 권도 책을 읽지 않았다. 나는 다락방을 잊었다.

이혼 준비 서류를 미리 부탁해둔 관청으로부터 좀 이상한 전화를 받았다. "신청인은 미혼 상태라서 결혼했다는 어떤 증명도 발급할 수가 없어요." 하고 발급 직원이 예상치 못한 말을 전했던 것이다. 여기서 신청인이란 나를 의미한다.

"그럴 리가. 우리는 당연히 혼인신고를 했다구요. 2년이나 함께 부부로 살았는데 그럴 리가요." 나는 주장했다.

"하지만 혼인신고가 접수되었다는 흔적이 없는 걸요." 담당 직원도 지지 않았다. 뻣뻣하고 고집스럽게. 전형적인 공무원의 태도이다. 법이 그런 걸 나더러 어쩌라는 겁니까? 서류가 없으면 결국 아무것도 말해지지 않은 것이나 마찬가지라구요. 하지만 그들은 정작 자신들에게 결정적으로 불리한 것을 슬쩍 뒤로 감추면서 겉으로만 불쌍하게 우는소리를 늘어놓는 하수인의 재능이 있다. 나는 이 나라의 많은 사람들이 공무원을 지긋지긋한 존재로 경멸한다는 것을 떠올렸다. 나 역시 마찬가지다. 그들은 노예와 주인들 간의 이중 첩자이기 때문이다. 그리고 나는 시계를 보았는데, 아홉 시에서 5분 정도 지나있었다. 그러니까 나는 아마도 그가 전화로 처리하는 그날의 거의 첫 번째 민원인인 셈인데, 그즈음 공무원은 자신이 일을 해야 한다는 사실에 대해서 가장 화가 나 있는 상태일 가능성이 높았다. 아마 같은 일을 몇 번 반복하다 보면 그 자신도 체념한 채 굴욕이라는 삶의 조건을 받아들이거나, 아니면 관성에 몸을 맡기고 스스로의 분노를 망각하는 시점이 닥치겠지. 그러나 아직은 아니다. 나는 다음 날 오후쯤에 다시 전화하는 편이 낫지 않을까 잠시 생각해보았다. 그러면 그는 내가 2년 전에 혼인신고를 한 사실을 기억해 낼지도 모른다. 그러면 그는 자신의 분노에 대해서 조금은 반성하게 되거나, 적어도 약간은 둔감해져 있겠지.

"신고가 누락되는 일도 종종 일어나잖아요. 내일 다시 전화하겠어요. 그 사이에 접수 서류를 좀 더 잘 찾아보기를 바랄게요." 나는 말했다. 그러나 담당 공무원은 부루퉁한 기분을 숨길 생각도 하지 않으면서 퉁명스러운 대꾸를 했다. "몇 번이나 찾아보았단 말입니다. 내일이라고 뭐가 달라지겠어요? 그러니 내 말은……."

그가 유난히 고약한 공무원이라면 나는, 그리고 내 이혼은 아주 운이 나쁜 사례가 된다. 그래서 나는 그가 뭐라고 쓸데없는 소리를 덧붙이기 전에 서둘러 전화를 끊었다.

이삿짐을 싸는 것을 잠시 중단한 나는 커피를 진하게 한 잔 끓이고 소파에 앉았다. 아침도 먹지 않고 몸을 움직인 탓인지 현기증이 났기 때문이다. 침묵을

견디기 위해서 라디오를 켰다. 뉴스와 광고가 나오더니 이어서 시청자들의 편지를 낭독하기 시작했다. 기르던 고양이의 죽음에 관한 이야기에서부터 가족 간의 말다툼과 화해, 절교한 친구, 돈을 빌려 가고 갚지 않는 옛 애인 이야기가 숨가쁘게 흘러나왔다. 그 옛 애인은 러시아어 번역가라고 했다.

나는 갑자기 웃음을 터트렸다. 이제 며칠 후에 이혼하게 될 두 번째 남편의 여러 가지 직업 중의 하나가 러시아어 번역가였기 때문이다. 그는 종종 자신이 대학 등에서 가르치지 않는, 생계를 전적으로 번역에만 의존하는 이 나라의 유일한 전업 러시아어 번역가일 거라고 말하곤 했는데, 라디오에서 나오는 내용을 보면 그의 주장은 사실이 아닐 가능성이 높았다.

번역가라고는 하지만 남편이 실제로 러시아어 책을 번역한 것은 도스토옙스키의 《지하로부터의 수기》가 유일했고 그나마도 이미 거의 십여 년이나 지난 일인데다가 더구나 출판사로부터 번역료조차 받지 못했다고 들었다. 경영난에 시달리던 출판사가 문을 닫았다는 것이다. 그러니 아마도 그 책은 아예 출간되지 않았을지도 모른다. 어쩌면 그 출판사는, 남편이 한때 직접 운영하다가 은행 빚조차 갚지 못하고 그만두었다는 출판사와 동일한 출판사일지도 몰랐다. 모두 내가 남편을 알기 훨씬 전 일이다. 결혼한 이후 남편은 어느 연구재단의 용역을 받아 시베리아 소수민족의 문화에 관한 자료 수집과 번역에 대부분의 시간을 바쳤다. 하지만 대체로 나는 러시아어나 마찬가지로 남편의 일에 대해서 자세히는 모르는 편이다.

그제서야 생각이 났는데, 나는 남편에게 도스토옙스키나 지하의 수기에 대해서 한 번도 물은 적이 없다. 물론 그에게 다락방 이야기를 한 적도 없다. 내가 다락방의 아이였다는 것도, 앨범 이야기도, 내 이름을 가진 누군가가 써보낸 엽서 이야기도 하지 않았다. 나조차도 까맣게 잊고 있던 과거의 일이기도 하지만, 그보다 더 큰 이유는 우리가 어린 시절의 이야기를 나누어본 적이 없기 때문이다. 우리는 결혼한 이후 거의 대부분의 시간을 별거하면서 보냈다. 나는 낮에 직장을 다녔고, 남편은 작업실에서 밤을 새워 일했다.

결혼한 후에 우리는 침실 한 개와 거실이 전부인 작은 집을 세내었다. 원래는 차고가 들어갈 자리를 개조한 집이었다. 현관문을 열면 마당도 없이 바로 길이었다. 거실 뒤편에 달린 좁고 긴 형태의 유리 온

실에 가스와 수도를 연결해서 주방을 만들었다. 우리는 일층에 살았고 집주인 부부는 이층에 살았다. 매달 집세를 냈다. 나는 이 집이 마음에 들었다. 산으로 올라가는 중턱에 위치했기 때문에 주말에 등산객들이 집 앞을 많이 지나다니기는 했으나 주중에는 조용하고 한적했으며 자연이 가까이 있어 계절의 변화를 즐길 수 있었다.

탁자 위의 전동 타자기는 저절로 부르르 떨면서, 저 혼자 자기만의 움직임으로 앞으로 나가버릴 것만 같다. 고장 난 재봉틀처럼 말이다. 그렇게 찍힌 글자는 민감하고 불안하다. 워드 프로세서를 마련한 남편이 사용하던 구형 전동 타자기를 처음으로 집으로 가져온 날 저녁, 나는 탁자에 혼자 앉아 있다가 머릿속에서 즉흥적으로 떠오른 불안한 글자들을 쳤다. 그것은, 내 눈에 보이지 않으며 내가 알지 못하는 것들에 관한 문장이었다. 나는 일생 동안 그런 문장을 써 본 일이 없었다. 그러므로 그것이 어디서 왔는지 나는 몰랐고, 지금도 모른다.

밤은
부엉이에게 울음을 주고
이곳에서의 체류는 너무도 불행하므로……

부슬부슬 비 오는 밤, 한 남자가 집 앞 현관 처마 아래에서 비를 피하며 담배를 피우고 있었다. 자신을 형사라고 소개한 그 남자는 우리집 위층, 그러니까 주인집에 관해서 나에게 지나칠 만큼 캐물었다. 어젯밤에 무슨 소리가 들리지 않았는가, 오늘 하루 종일 주인 여자를 보았는가, 혹은 주인 남자를 보았는가, 등등. 나는 그들을 전혀 보지 못했고 아무 소리도 듣지 못했다고 대답은 했지만 사실 자신은 없었다. 나는 그들을 잘 모른다. 이사 온 지는 2년 가까이 되지만 항상 월세를 계좌로 부쳤으며 더구나 집을 계약한 것은 내가 아니라 남편이었으므로 나는 주인집 부부의 얼굴을 본 적이 거의 없었다. 우리 부부와 마찬가지로 그들도 조용하고 수줍은 사람들이 분명했다. 골목길에서 우연히 마주친 적은 몇 번 있지만 서로 말을 나누거나 한 적은 없고 그냥 몇 미터 떨어진 거리에서 가볍게 고개만 끄덕이고 스쳐 지나가곤 했다. 그래서 나는 그들을 얼굴이 아니라 대강의 형상으로 기억했다. 주인 여자는 피부가 거무스름하고 마른 몸집에 키가 작았고 굽슬굽슬한 머리카락이 거의 허리까지 길었으며 주인 남자는 다리를 살짝 절었다. 그것이 전부다. 하지만 어느 날 주인 여자가 머리를 짧게 자르고 선글라스를 쓰거나 주인 남자가 움직이지 않고 한 자리에 가만히 서 있는다면 나는 그들을 알아볼 자신이 없다. 비슷한 외양을 한 다른 사람들과 구분할 수 없으며 그들이 만약 그들 자신이 아닌 척 행동한다면 알아차릴 자신도 없다.

누군가가 더 이상 보이지 않는다고 했다. 그들의 집 앞에서 피 묻은 발자국이 발견되었다는 소문이 있었다. 하지만 나는 몰랐다. 남자가 여자를, 혹은 여자가 남자를 때렸다는 소문이 있었다. 어쩌면 그보다 더한 짓을 했을 수도 있다. 청부살인이란 용어도 등장했다. 하지만 나는 몰랐다. 부재자 신고가 접수되었다고 했다.

형사가 우리집 뒤편 주방문을 통해 주인집 거실로 올라가 봐야겠다고 했을 때, 나는 거절했어야만 했을지도 모른다. 주인집은 로지아 형태의, 벽면이 트인 발코니형 거실이 있었다. 그 거실 아래에는 작은 뒷마당이 있었고, 우리집 주방에 난 뒷문을 통해서 그곳 뒷마당으로 나갈 수 있었다. 주인집 현관문은 며칠째 잠겨 있고, 주인집 남자 혹은 여자는 보이지 않으며, 누군가가 사라져버렸다는 소문이 있기 때문이라고 했다.

밖은 어두웠고 비는 점점 세차게 내렸다. 우리가 집으로 들어온 다음 시간이 얼마나 지났는지는 모른다. 형사가 벗어서 소파에 걸쳐놓은 겉옷에서 빗물이 스며 나와 소파의 천 위로 검은 웅덩이 같은 물얼룩이 생겼다. 갑자기 유리창을 관통하여 들어온 하얀 칼 모양의 번개가 집 안을 쩌억 갈랐다. 희게 번쩍이는 전류의 길이 짧은 순간 형사의 얼굴 위를 뒤덮었다.

그러자 그는 흰 마스크를 쓴 무언극의 배우처럼 보였다.

불을 켜지 않은 거실 탁자 위의 전동 타자기가 갑작스럽게 부르르 떨면서 저절로 움직였다. 타자기는 내가 쳤던 글자들을 불완전하고 무기력하게 기억해냈다. 부엉이에게 울음을, 이곳에서의 체류는…… 그리고 타자기는 요란하게 덜컥거리며 불쑥 멈추었다. 그것은 죽었다. 마지막 경련도 없었다. 우리는 꼼짝없이 선 채 가만히 타자기를 노려보았다.

고장 난 것은 타자기뿐만이 아니었다. 오래전 어머니가 했던 말이 섬광처럼 환하게 떠올랐다. 너는 정말, 도덕심이 참 희박한 아이야. 어머니는 나의 계모였지만 계모이기 때문에 그런 말을 했다고 생각하지는 않는다. 그것은 내가 학교를 중퇴하고 매춘부가 되겠다고 말했기 때문인데, 내 입에서 그런 말이 나온 것 또한 그녀의 존재와는 무관했다고 믿는다. 학교를 그만두고 집을 나가다니 앞으로 어떻게 할 거냐고, 생활은 어떻게 할 거냐고 어머니가 물었을 때, 나는 오래 생각하지 않고 입에서 나오는 그대로 대답해 버렸다. 그때 나는 가방을 싸느라고 아주 바빴기 때문이다. 그뿐이다. 나는 매춘부의 일에 대해서는, 작가가 되는 것이나 마찬가지로, 그때나 지금이나 거의 알지 못한다. 어쩌면 그것은 내 짐작보다 훨씬 더 나쁘거나, 혹은 덜 나쁠 것이다. 너는 오직 너 하나만 생각하는구나, 하고 어머니는 흥분을 억누르며 차가운 힐난조로 말했다. 너는 정말, 이기적이고 게다가 도덕심이 희박하기 짝이 없어.

집을 나오면서 나는 어머니에게 그렇게 말한 것에 대해서 약간의 죄책감이 들었다. 그때 어머니는 심신이 허약한 상태였을 것이다. 선천적 심장질환을 갖고 태어난 남동생이 몇 년 동안 병원 신세를 지다가 아홉 살이란 나이로 막 세상을 떠난 다음이기 때문이다. 하지만 얼마 후에 내가 첫 번째 결혼을 하고 나자, 어머니는 내 결혼이 법적인 절차를 거치지 않은 가짜 결혼이며, 따라서 타인들이 어떻게 생각하든 상관하지 않고 언제든지 자유롭게 떨쳐버릴 수 있는 것이기 때문에, 그래서 내 행동이 결국은 매춘부와 다름없는 것이라고 단정 지었다. 너는 정말, 도덕심이 참 희박한 아이야, 하고 그녀는 말했다. 그리고 반년 뒤에 내가 첫 번째 남편—어머니의 표현대로라면 서류상으로 공식 기재되지 않았으므로 '함께 사는' 것에 불과한 가짜 남편—과 헤어진 다음에도 그녀는 역시 똑같은 말을 했다.

"의자를 가지고 와요." 잠시 시간이 지난 뒤 형사가 내 귓가에서 속삭이듯이 작은 소리로 말했다. 마치 어딘가에 살인범이 있어요, 하고 말하는 듯이. 우리는 어느새 불도 켜지 않은 부엌에 몸을 밀착시킨 채 서 있었다. 부엌이 너무 좁아서 두 사람이 함께라면 그런 자세가 불가피했고, 불을 켜지 않은 것은 번개로 인해 정전이 되었기 때문이다.

내가 가져다준 의자 위에 신발을 신고 올라선 형사는 잠시 윗집 로지아 난간을 잡고 눈으로 거리를 가늠하더니, 고양이처럼 가벼운 동작으로 단숨에 윗집으로 기어 올라갔다. 윗집은 불이 꺼진 채 칠흑처럼 깜깜했다. 나는 이제 무엇을 해야 하는지 몰라서 멍하니 서 있었다. 그때 위에서 여전히 속삭이는 형사의 목소리가 들렸다. "겉옷을 가져다줘요." 그가 우리집 소파 위에 벗어두고 잊은 재킷을 말하는 거였다. 나는 부엌을 지나 거실로 가서 소파 위에 있는 축축한 재킷을 들고 와서 위층으로 올려주었다. 형사는 불쑥 손을 뻗어 말없이 재킷을 받아들고 순식간에 어둠 속으로 사라졌다. 나는 잠시 귀를 기울여 보았으나 위층에서는 아무 소리도 들리지 않았다. 형사가 다시 아래로 내려온다면 나는 그를 도와야 할지도 몰랐다. 하지만 그것에 대해서 형사도 나도 미리 생각하지 않았다. 어쩌면 형사는 윗집의 문을 통해서 밖으로 나오는 편이 더욱 자연스러울 것이다. 그렇다면 나는 달리 할 일이 없다. 나는 혹시 형사가 나를 부르지나 않을까 위층에 신경 쓰면서 기다려보았지만 위층은 늘 그렇듯이 바늘 떨어지는 소리도 없이 저녁 내내 고요하기만 했다.

그날 밤 나는 문득 잠에서 깨었다. 꿈속에서 나는 잠들어 있었는데, 그때 위층에서 뭔가 이상한 소리가 났다는 생각이 들면서 잠에서 깨어나는 그런 꿈을 꾸었기 때문이다. 꿈속에서 나는 감금되어 있었다. 무엇에 의해서인지는 모른다. 피부를 찢고 스며드는 기괴한 소리는 마치 무딘 이빨로 무언가를 물어뜯는 소리 같았다. 실제로 위층에서 소리가 난 것인지, 아니면 꿈속에서 난 소리였는지, 아니면 꿈속의 꿈에서 난 소리였는지는 판단할 수 없었다. 어쩌면 그것은 단순히 무의미한 빗소리였을지도 모른다. 잠에서 깬 나는 뒷마당으로 나가보았다. 의자는 여전히 내가 놓아둔 모양 그대로 비에 젖고 있었다. 형사의 발자국은 비에 씻겨버렸다.

나는 의자를 안으로 가지고 들어왔다. 빗줄기가 비스듬히 유리창을 때렸다.

그리고 며칠 뒤, 퇴근하고 돌아오던 나는 나란히 골목길을 걸어오는 주인 부부와 마주쳤다. 물론 나는 여전히 그들의 얼굴을 정확히 알지 못했으나, 그들은 내가 알고 있는 그 부부가 분명했다. 이례적으로 그들이 먼저 나에게 인사를 건넸기 때문이다. 그런 적은 처음이었다. 여자는 여전히 긴 머리에 하늘거리는 걸음걸이였고 남자는 살짝 다리를 절고 있었다. 그들은 남편의 안부를 물었다.

"남편은 잘 있어요. 요즘 일이 바빠서 도서관에서 대부분의 시간을 보내요. 그리고 글을 쓰느라 작업실에서 밤을 새는 일이 많답니다." 하고 나는 대답했다.

"아 그렇군요. 영 보이지 않길래 궁금하게 생각했지요." 하고 주인 여자가 말했다. 그리고 그들은 사이좋게 위층으로 향하는 계단을 올라갔다.

이른 오후, 우체부가 등기 우편물을 갖고 왔다. 국립도서관의 자료실에서 온 것이다. 아마도 남편이 자료 복사를 부탁한 듯했다. 하지만 일 관련 서류라면 당연히 작업실로 배달되는 것이 보통인데 왜 이 서류는 집으로 왔는지 나는 알지 못했다. 게다가 수취인도 내 이름으로 되어 있었다. 나는 국립도서관에 자료를 부탁한 적이 없었다. 어쩌면 남편이 나에게 읽어보라고 이 자료를 보냈을지도 모른다는 생각이 들었다. 나는 다락방을 떠난 이후 책 읽는 습관을 버렸다. 책은 물론 신문이나 잡지도 읽지 않았다. 하지만 남편은 그것을 이상하게 생각했다. 그는 내가 홀로 있는 시간 동안 무언가를 읽기를 바랐다. 예를 들자면 자신이 흥미롭게 읽은 자료 등을 나에게 설명해 주었고, 어떨 때는 소리 내어 읽어준 적도 있었다.

어쩌면 나는 단지 이 이야기를, 첫 문장과 마지막 문장 사이의 모든 것을, 다른 사람이 아닌 남편으로부터 들은 것일지도 모른다. 어느 날 그는 내가 깊이 잠들어있는 한밤중 집으로 돌아와, 세탁할 속옷을 세탁 바구니에 넣고, 냉장고에서 빵과 양상추와 달걀을 꺼내 조용히 샌드위치를 만들어 역시 냉장고에서 꺼낸 맥주와 함께 늦은 저녁식사를 했을 것이다. 그는 조용히 샌드위치를 씹고 조용히 맥주를 마셨을 것이다. 그리고 새 속옷과 티셔츠를 챙겨 작업실로 돌아가기 전에 내 침대 머리맡에서, 내가 잠에서 깨지

않도록, 그러나 내가 꿈속에서 충분히 들을 수는 있
도록 나직한 목소리로 어떤 이야기를 읽어주고 떠났
을지도 모른다. 기억하지 못하는 그것을 나는 잠 속
에서 들었다. 그날 나는 내가 이해하지 못하는 러시
아어로 꿈을 꾸었다.

놀랍게도 그것은 아주 오래된 잡지였다. 잡지의
이름은 《서울의 장미》. 1951년 12월 발간. 거무스름
할 정도로 누렇게 변색한 페이지에 기사들이 지나치
게 촘촘히 배열되어 있으며 인쇄 상태도 조악했다.
잉크가 번져서 보이지 않는 글자들도 상당히 많았고,
한 면 거의 전체가 시커멓게 변한 곳도 몇군데 있었
다. 워커 사령관의 죽음을 애도하는 사설 옆 페이지
에 색 테이프로 조심스럽게 표시가 되어 있었다. 그
것은 독자가 투고한 짧은 글이었다. 나는 식은 커피
를 마시면서 그것을 읽기 시작했다.

나는 남편을 사랑했던 것 같다. 그런 식으로 모
호하게밖에는 말할 수 없는 무엇인가가 우리 사이에
는 가로놓여 있었다. 나는 남편을 사랑했던 것 같다.
그러므로 내가 저지른 실수에 대해서 털어놓아야 한
다는 생각을 했다. 나는 그것이 무서운 실수라고 생

각했다. 어쩌면 돌이킬 수 없는 치명적인 실수일 수도 있다. 하지만 문제는, 내가 왜 그랬는지 도무지 알 수 없으며, 더구나 며칠 뒤에는 왜 그 형사의 근무지인 경찰서로 전화까지 걸었는지, 그 이유를 설명할 수 없다는 점이었다. 가짜 전화번호이기를 바랐으나 불행히도 가짜가 아니었다. 나는 설명할 수 없었다. 아무것도 설명할 수 없었다. 나는 마치 내용을 전혀 이해할 수 없는 러시아어 꿈속에서 그 모든 일을 무감동하게 해치운 것 같았다.

그러나 나를 더욱 괴롭히는 것은, 마음속 깊이 나는 그것을 실수로 인정하지 않고 있다는 점이었다. 그것은 남편에 대한 내 사랑만큼이나 나를 괴롭게 하는 또 하나의 이유였다. 나는 그것을 실수로 인정하지 않는다. 왜냐하면 그것은 잘못이 아니기 때문에. 왜냐하면 나는 그것을…… 원했기 때문에. 하지만 나는 내가 원하는 생각에 대해서 계속해서 생각하기를 원하지 않았다. 이유는 알 수 없지만 내가 생각하기를 원하는 것이, 혹은 원한다고 생각하는 것이 나를 괴롭혔기 때문이다.

주인 부부를 만난 다음 날, 나는 형사가 남기고 간 번호로 경찰서에 전화를 걸었다.

주인집 부부와 마주쳤기 때문인지도 몰랐다. 나

는 그들에게 아무 일도 일어나지 않았음을, 내가 도와서 이층으로 올라가게 한 사람이 정말로 형사였음을, 소문은 전부 거짓이었음을, 그러므로 나는 아무에게도, 아무것도 변명하거나 해명할 필요가 없다는 것을 확인받고 싶었던 건지도 몰랐다. 나는 강력계로 전화를 해서 그 남자를 바꿔달라고 말했다. 수화기 저편으로 멀리서 종이 바스락거리는 소리, 타자기인지 컴퓨터의 키보드인지 알 수 없지만 뭔가를 두드리는 소리가 나른하게 들려왔다. 보리차를 홀짝이는 소리와 볼펜이 바닥에 떨어지는 소리도 전화벨 소리와 두런거리는 말소리에 섞여 들려왔다.

"위층 부부에게 정말로 아무 일도 없는지 묻고 싶어서 전화했어요." 그가 전화를 받자마자 나는 대뜸 말했다.

"그건 아직 조사 중이라서 지금 뭐라고 말씀드릴 수는 없어요." 그는 금세 내 목소리를 알아차린 듯했다.

"그렇다면 그날 아무것도 발견하지 못했단 말이군요."

"음……. 별다른 건 없었습니다."

"핏자국도 보지 못한 건가요?"

"그건 밝힐 수가 없는데요."

"밤중에 이상한 소리를 들은 것 같아요. 그래서 무서워서 잠이 깨었어요."

"……"

"만약 무슨 일이 생긴 거라면……"

"그래도 아래층은 아무 일 없을 테니 안심하셔도 됩니다."

"사실 어제 골목길에서 위층 부부를 만났어요. 아니, 위층 부부처럼 보이는 사람들을요. 전 그들의 얼굴을 확실히는 모르지만 그들처럼 보이긴 했어요."

"흠. 그래서 대화를 나누었나요?"

"네. 그런데 이상한 점이 있어요. 지금까지 우리는 그냥 눈인사만 하고 지나치는 사이였는데, 어제는 굉장히 친한 듯이 이것저것 안부를 물어왔어요."

"구체적으로 무슨 내용을?"

"뭐 일상적인 이야기를……"

"그들에게 뭔가 수상한 점은 없었던가요?"

"그런 건…… 없었다고 생각해요."

"그들이 정말로 위층 부부가 맞습니까?"

"그런 것 같았어요……"

"확실하게 말해줘야 해요."

"확실하다고 생각해요…… 아니 솔직히 장담하지는 못하겠지만. 그들을 그렇게 가까이서 본 건 처음이라서요. 하지만 그들이 나에게 먼저 말을 걸었다니까요."

"사실, 정말 중요한 질문은 이건데요." 전화기 저편에서 남자가 슬쩍 목소리를 죽이며 속삭였다. 아마도 손으로 수화기를 감싸고 있는 것 같았다. "그 둘다 위층 부부가 맞았나요? 혹시 그중 하나만 원래 위층에 살던 사람이고 다른 한 사람은 비슷하게 생겼지만 사실은 다른 인물일 가능성도 있단 말입니다."

"글쎄요." 나는 어리둥절해졌다. "당연히 둘 다 위층 부부로 보였는데요."

"그중의 한 사람이 바뀌었다면, 확실히 알아볼 수 있었겠어요?"

"누가 어떻게 바뀌었다는 건가요?"

"만약에, 내 말은, 만약에 사람 하나가 바뀌었다면 말입니다." 형사는 답답하다는 듯이 한숨을 쉬었다.

"자세히는 모르지만 그 둘 사이는 아무런 문제가 없는 듯이 보였어요⋯⋯."

"흠. 이 도시에서 얼마나 많은 범죄가 집 안에서 일어나고 있는지, 얼마나 많은 사람들이 집 안에서 그대로 사라지는지, 그것도 가장 가까운 사람에 의해서 그렇게 되는지, 잘 모르기 때문에 하는 소리예요."

"만나요." 나는 말했다. 전화로 사정을 다 말하기에는 아무래도 비밀스럽고 긴 얘기가 될 것만 같았기 때문이다.

"그러지요." 형사는 대수롭지 않은 목소리로 대꾸했다.

우리는 서로의 직장 중간쯤에 있는 장소에서 점심시간에 보기로 했다.

그가 만나자고 한 장소는 시내 뒷골목에 있는 한 여관이었다. 나는 직장에서 두통 때문에 병원에 가야 한다는 핑계를 대고 점심시간이 되기 전에 나와서 택시를 탔으므로 약속 시간보다 십오 분 전에 도착했다. 여관은 사방이 높은 빌딩으로 둘러싸여 있었고, 자전거나 다닐 만한 좁은 골목이 유일한 접근로였다. 환한 대낮인데도 여관 마당의 공기는 으슥하고 축축했다. 나는 번쩍거리는 싸구려 이불이 깔린 작은 방으로 안내되었다. 전등을 켜지 않으면 사물을 분간할 수 없을 정도로 방은 어두웠다. 대도시 한가운데에 이런 낡은 여관이 남아 있으리라는 사실을 나는 전혀 상상하지 못했다.

나는 옷을 입은 그대로 이불 위에 반듯하게 누웠다.

나는 모종의 살인사건에, 혹은 그로 의심되는 어떤 중대 범죄에 관련된 비밀의 증인일지도 몰랐다.

남편은 내가 왜, 무료하고 기나긴 시간 동안, 심지어 잡지나 추리소설조차도 읽지 않는지, 간혹 이상하다고 말하곤 했다.

가장 가까운 집 안의 사람.

나는 몸을 조금 일으켜 주전자에 담긴 차가운 보리차를 마셨다. 방은 눅눅하고 더웠으나 선풍기를 켤 정도는 아니었다. 하지만 시간이 지날수록 공기가 답답해졌다. 닫혀있는 작은 창문을 열면 좀 나아질까 생각하고 창으로 다가갔으나 곧 여관 주변을 드높은 장벽처럼 둘러싸고 있는 빌딩들을 떠올렸다. 창을 여는 것은 그러므로 그다지 도움이 될 것 같지 않았다.

헛된 짓임을 알고 있는 채로, 나는 창을 열었다.

처음에 나는 창이 시멘트로 막혀 있으리라고 생각했다. 창문을 열면 바로 코앞에 열기를 내뿜는 시멘트벽이 나타날 거라고 예상했다. 예상했을 뿐만 아니라, 나는 그것을 분명히 알았다. 하지만 그럼에도 불구하고 나는 주저 없이 창을 열었다.

창을 열자, 거기에는 탁 트인 푸른 대기 속에 모노 호수가 있었다. 남편과 내가 신혼여행을 갔던 곳이다.

석회가 응축되어 형성된 낮은 기둥들이 펼쳐진 호숫가. 그중 한 기둥 위에 남편이 옷을 벗고 서 있다. 남편은 꼼짝도 없이 따가운 태양빛 아래 기둥 고행자처럼 꼿꼿이 서 있으므로, 나는 처음에 그를 알아보지 못하고 다만 석회 기둥의 일부라고 생각해버린다. 뜨거운 태양빛을 받아 회색빛과 오렌지빛, 초록빛으로 번쩍이는 석회 기둥 위에 가만히 서 있던 남편이, 갑자기 모종의 행위인 양 두 팔을 벌려 하늘로 치켜든다. 아 나는, 저 광경을 어디서 본 듯하여 문득 심장이 불안하고도 격렬하게 뛴다. 그리고 남편은 기둥에서 내려와 물속으로 걸음을 옮긴다. 남편의 벗은 뒷모습은 앞모습보다 이십 년은 더 나이 들어 보인다는 것을 나는 처음으로 깨닫는다. 그동안 한 번도 그의 뒷모습을 이렇게 관찰하듯 바라볼 기회가 없었다. 탄력 없이 일그러진 사각형의 몸통은 왼편으로 비스듬히 기울었으며 다리는 쭈글쭈글하고 앙상한 데다 양쪽의 길이가 달라 보이기까지 한다. 아마도 호수의 비정상적으로 높은 알칼리 수치와 염도가 아지랑이를 일으켜 형체를 일그러뜨리는 것이라고 나는 짐작해버린다. 남편은 서서히 물속으로 들어간다. 그는 수영을 하려고 한다. 5월의 한낮이지만 물은 아직 찰 것이다.

나는 창밖으로 손을 흔든다. 남편은 뒤돌아보지 않는다. 이렇게 답답한 방이지만 창밖에 저리도 멋진 풍경이 펼쳐지다니 얼마나 좋아, 하고 나는 생각한다. 빌딩 사이에 이처럼 드넓고 푸른 석회 호수가 있다는 것을 사람들은 영영 알아차리지 못하고 말 것이다. 시원한 바람이 불어온다. 나는 머리를 묶을 끈을 찾기 위해 핸드백 속을 뒤적인다. 내가 앉아있는 나무 벤치는 바람에 날아온 모래로 가볍게 사각거린다. 볼록한 붉은 뺨을 가진, 논병아리를 닮은 물새들이 헤엄을 치고 있고 갈매기들은 창백한 푸른 창공에 떠 있다. 머리를 묶은 나는 새들에게 빵 부스러기를 던져주고 싶다. 야생의 새들은 도시 인근 호수의 백조들처럼 빵을 보고 사람에게 다가오지는 않을 거라고 짐작하면서도, 나는 아침에 먹다가 반쯤 남긴 빵 봉지를 찾아 핸드백을 계속해서 뒤적거리는 중이다. 호숫가에는 우리 부부 이외에는 아무도 없다. 호수 안쪽으로 길게 이어지는 판자 다리 입구에는 작은 오두막이 있는데, 어쩌면 그 안에 관리인이 있을지도 모른다. 하지만 오두막의 문은 닫혀있고 관리인은 모습을 드러내지 않는다. 오직 수많은 석회 기둥들뿐이다. 긴 망토를 드리운 수도사, 훔쳐온 아기를 품에 안고 달아나는 노파, 비틀거리며 넘어지는 노인, 사냥

한 짐승을 등에 메고 있는 사냥꾼, 서서 아이 낳는 여자, 허공의 새들을 향해 커다란 포물선을 그리며 빵 부스러기를 던져주는 여자. 움직이지 않는 석회의 몸을 한 그들은 모두 푸른 소금 호수 속으로 들어가는 중이다.

소금 호수 속으로 들어간다.

마침내 나는 핸드백 구석에서 빵 봉지를 발견한다.

나는 빵 부스러기를 허공을 향해 최대한 높이 집어던진다. 순간 햇빛 때문에 나는 눈이 먼다. 나는 아무것도 볼 수 없다. 오직 흐릿한 푸른빛과 강렬한 흰빛이 시야를 이룬다.

새들은 사라져버렸다. 나는 현기증을 느낀다. 그리고 어쩌면, 신혼여행을 온 신부답게, 고운 모래가 사각거리는 벤치 위에 비스듬히 누운 채로 이유 없이 잠 속으로 빠져 들어가게 된다. 혹은 햇빛이 환하게 번쩍이는 한낮 신부의 베일을 길게 끌면서, 소금 호수 속으로 빠져 들어가게 된다. 높이 뜬 구름이 내 눈꺼풀 위로 그림자를 드리운다. 사방은 고요해, 아무 소리도 들려오지 않는다. 바람 소리도, 물새 소리도, 그리고 햇빛이 쏟아지는 소리도 없다. 내가 보는 모든 것이 소리 없는 소금이다. 내가 아는 모든 것이 소리 없는 석회 기둥이다.

　얼마나 오랜 시간이 흘렀는지 알 수는 없지만, 나는 잠에서 깨어난다. 여전히 호숫가에는 아무도 없지만, 그림자의 방향이 바뀌어 있다. 하늘의 색채도 잠들기 전과 다르다. 그리고 결정적으로, 호숫가 오두막의 문이 열려있고, 관리인인 듯이 보이는 턱수염의 남자가 그 앞에 서 있다. 남편은 아직 돌아오지 않았다. 남편이 벗어놓은 옷가지가 그대로 벤치 위에 놓여있다. 바람은 차가워졌다. 어쩌면 곧 저녁이 도래할 것이다. 나는 호숫가를 살펴보지만 남편의 모습은 보이지 않는다. 그 어디에도 보이지 않는다. 내 곁에는 빵 봉지가 떨어져 있다. 그 안에는 부스러기가 조금 남아있을 뿐이다. 내가 잠든 사이 새들이 다가와서 빵 부스러기를 모두 쪼아먹고 가버린 것 같다.

　나는 관리인처럼 보이는 저 남자에게 다가가 남편의 행방을 물어야만 할지도 모른다. 남편이 그토록 오랫동안 알칼리 호수에서 헤엄을 치고 있었을 것 같지는 않다. 하지만 그가 어디선가 일광욕을 하고 있다 해도, 이미 시간이 너무 많이 지나버렸고 바람은 차가워졌다. 그리고 그가 어딘가에 있다면 내가 볼 수 있어야 한다. 그가 아주 멀리 헤엄쳐가서 호수 반대편으로 가버리지 않았다면 말이다. 하지만 그건 너무 먼 거리다. 남편은 그 정도로 무모한 사람이 아니다. 아니라고 생각한다. 만약 그가 무모한 사람이라면, 그건 위험한 선택이었을지도 모른다. 그의 몸은 알칼리 호수에서 그처럼 오래 헤엄을 치기에 익숙한 상태가 아니다. 논병아리나 갈매기들과는 달리, 그는 이곳에 처음으로 왔기 때문이다. 아니 어쩌면 그는 그냥 헤엄을 치다가 기운이 빠져버렸을지도 모른다. 그래서 손을 흔들어 나에게 구조 신호를 보냈을지도 모른다. "날 구해줘! 날 여기서 구해줘! 제발!" 죽어가면서 그렇게 외쳤을지도 모른다. 하지만 나는 그것을 보지도 듣지도 못했다. 나는 새들에게 빵 부스러기를 던지려고 태양을 마주보며 팔을 크게 휘두르는 바람에······ 눈이 멀어버렸으니까. 그리고 신혼여행을 온 신부답게 햇빛 아래서 잠들었으니까.

서둘러 벤치에서 일어나 관리인처럼 보이는 남자에게 달려가려던 순간, 나는 주춤거린다. 그제서야 나는 이곳이 외국이며, 내가 외국어를 한마디도, 그야말로 한마디도 하지 못한다는 것이 생각났기 때문이다. 심지어 우리가 신혼여행지로 고른 이곳 모노 호수는 내 생애 첫 번째 외국 여행지이기도 하다. 관리인처럼 보이는 저 남자에게 뭐라고 말하면 좋을 것인가? 아니 저 남자가 과연 관리인이 맞는 것인가?

만약 아니라면, 그때 나는 무엇을 해야 하나? 나는 그에게 달려가야 하지만, 얼어붙은 다리가 움직이지 않는다. 혀가 돌처럼 굳고 다리는 점점 무겁게 모래 속으로 가라앉고 있다. 나는 석회 기둥처럼 흘러내리고 있다.

나는 겁에 질린다. 나는 급격하게 패닉에 빠진다. 나는 짐승의 비명을 지른다. "날 구해줘! 날 여기서 구해줘! 제발!"

나는 미친 듯이 울음을 터트린다.

피부를 동시에 수천 조각으로 썰어내는 이 공포.

나는 창문을 벌컥 닫아버린다. 번쩍거리는 싸구려 이불이 깔린 여관방에 털썩 주저앉는다. 다행이다, 하고 나는 입 밖으로 소리 내어 생각한다. 다행이다, 아무 일도 일어나지 않아서.

스물아홉, 두 번째 이혼을 며칠 앞두고 이사 준비를 하던 나는 흐트러진 집안 소파에 앉아 식어버린 커피를 마시는 중이다. 그리고 1951년 발간 잡지 《서울의 장미》에 실린 글을 계속해서 읽는다.

나는 남편을 사랑했던 것 같다. 그러므로 그가 없는 사이 나에게 일어난 모종의 일에 대해서 털어놓아야 한다는 생각을 했다. 비록 사실상은 아무 일도 일어나지 않았으나 앞으로 지속되는 미래의 시간 내내 이미 일어난 것일지도 모를 그 일에 대해서. 일어난 그대로, 혹은 일어나지 않은 그대로, 솔직하게 말이다.

Errare humanum est(실수는 인간의 것이다)라고 누군가가 나에게 말했다. 아, 지금 생각해 보니 그 말을 한 사람은 바로 남편이었다. 내가 직장에서 사소한—예를 들자면 부주의한 바람에 신청서 등을 분실하는—실수를 저질렀을 때 그가 그렇게 말했다. 아마도 나를 위로해 주기 위해서였을 것이다.

그러나 그 말은 나에게 위로가 되지 못했다. 차라리, '그런 실수를 저지르고도 아무렇지 않다니, 너는 참 도덕심이 부족하군.' 하고 말했으면 최소한 나 자신에 대해서 곰곰이 생각해볼 계기는 되었으리라.

나는 무엇이었나.

나는 무엇이 될 것인가.

지금 돌이켜 생각해 보면 나는 언제나 문 뒤에 있는 나였다. 그 뒤에 무엇이 있는지 전혀 알지 못하는 채로 다가가서 문을 열었고, 그리고 그곳에서 내 눈이 본 것들에 대해서 내 언어는 말할 수 없다. 그것이 내 존재의 정의이다.

남편을 집에서 마지막으로 마주친 것이 언제인지 기억나지 않았다. 최근에 남편은 주말에도 집에 오지 않았다. 어쩌면 내가 잠들어 있는 시간에 와서 옷을 갈아입고 갔을 수는 있지만, 그가 남기고 간 빨랫감이나 메모 등의 흔적을 발견하지는 못했다. 나는 낮에 직장을 다니고 밤에는 잠을 자는 식으로 살았지만, 그는 낮에 작업실에 틀어박혀 있다가 밤에 움직이는 인간이었다. 나는 어두워지면 아무것도 먹지 않았으나 그는 밤에만 배고픔을 느꼈다. 나는 낮에 사람들을 만나고 일을 했으나 그는 낮의 사람들을 견딜 수 없어 했다. 그러면 우리는 처음에 어떻게 만났을까? 아니, 우리가 처음으로 만난 것은 밤이었을까 낮이었을까? 기억나지 않는다. 아마도 어느 불명확한 어스름의 경계, 나는 러시아어 교재를 파는 상점으로 불쑥 들어갔고, 거기에 그가 있었을지도 모른다. 상점의 진열대는 거의 내 키만큼이나 높다. 테이프와 레코드, 커다란 헤드폰과 라디오와 녹음기, 두터운 비닐 커버가 씌워진 교재들이 빼곡히 들어찬 상점은 숨막히는 인조가죽 냄새와 구두에 칠하는 염료, 그리고 여자들이 손톱에 바르는 에나멜 약품 냄새가 났다. 그것은 나에게 최초로 각인된 러시아어의 냄새였다. 그 한가운데서 그가 말했던가? '러시아어 테이프는 문법 해설이 영어로 된 것뿐이야. 우리나라에서 만든 것이 아니거든. 그래도 괜찮겠니?' 말하는 그의 얼굴은 진열대 뒤 어둠에 가려 보이지 않는다. 그의 뒤편 보이지 않는 상점 안쪽에서는 누군가가 틀어놓은 녹음기에서 신비롭고 강한 억양의 러시아어가 반복적으로 들려오고 있었다. 동굴 속에서 시를 낭독하거나 기도를 올리는 듯한 억양이었다. 나는 고개를 가로젓는다. 나는 상점을 나선다.

　　나는 퇴근 후 남편의 작업실로 직접 찾아가 보기로 했다. 비록 한 번도 방문한 적은 없지만 나는 그의 작업실 주소를 알고 있고 더군다나 열쇠까지도 갖고 있었다. 나는 그것을 남편으로부터 직접 받았다. 일종의 비상용 열쇠인 셈이다. 비상이란 어떤 종류의 상황을 말하는 것인지 나는 짐작할 수 없었다. 내가 생각해 낼 수 있는 유일한 비상사태는 남편이 부주의로 열쇠를 잃어버리는 경우뿐인데 그런 일은 일어나지 않았고, 그래서 나는 남편의 작업실로 갈 일이 없었다.

　　작업실은 집에서 그리 멀지 않은 곳에, 버스를 타고 십여 분 거리에 있었다. 그곳은 간판이 없는 3층 건물의 지하 스튜디오였다. 땅거미가 내리기 시작하는 때였으므로 모든 사물들이 거무스름했다. 문 앞에서 나는 잠시 망설였다. 벨을 누를까 하다가 그냥 열쇠로 문을 열었다. 남편이 깨어있는지 아닌지 확실히 몰랐고, 그가 잠들어있다면 벨을 누르지 않는 편이 나을 것 같았기 때문이다.

지하실 안은 예상외로 매우 널찍했고, 어디선가 햇빛이 들어오는 창문이 있는 듯했다. 전등을 켜지 않았는데도 완전히 깜깜하지는 않았기 때문이다. 거실 반대편 끝 벽에 설치된 작은 주방에 한 사람이 서 있었다. 그늘 속에 있어서 얼굴이 보이지는 않았다. 처음에 나는 그가 남편이라고 생각했으나 곧 아닌 것을 알아차렸다. 남편보다는 훨씬 젊고, 대학원생인 듯 보이는 낯선 남자였다. 여자처럼 갸름하고 창백한 얼굴에 수염을 기르고 있었다. 그는 그다지 놀라는 기색도 없이 나에게 누구냐고 물었고 나는 예고 없이 문을 열고 들어온 것에 대해서 사과했다.

그는 남편과 작업실을 쉐어하는 번역가라고 했다. 나는 지금까지 남편이 다른 사람들과 작업실을 공동으로 사용한다는 것은 모르고 있었다.

"여긴 모두 세 명의 번역가들이 작업하거든요." 하고 젊은 남자가 설명했다. "방도 세 개라서 서로 방해받을 일도 거의 없고 조용하게 일할 수 있어요. 집

세도 나누어 내니 저렴하구요. 러시아 번역가의 방은 저쪽이랍니다." 하고 그는 하나의 문을 가리켰다. 그리고 조금 주저하더니 덧붙여 말했다. "그런데 지금 방에 있는지는 잘 모르겠어요. 사실 꽤 오랫동안 보이지 않아서, 집에 갔거나 아니면 여행을 떠났나 생각하던 참이었거든요. 원래 그런 말을 잘 안하는 사람이라서요. 하지만 뭐 어쩌면 금방 들어올지도 모르죠. 어쨌든 안에서 한번 기다려보세요." 그리고 그는 자신의 방으로 들어가버렸다.

나는 잠시 남편의 방문 앞에 서 있었다. 아주 가볍게 노크를 해 보았지만 안에서 아무런 기척이 들리지 않았으므로 나는 문손잡이를 돌려 열고 안으로 들어갔다.

방은 매우 어두웠기 때문에 나는 벽을 더듬어 전등 스위치를 켰다.

믿을 수 없이 많은 책들이 나타났다. 그냥 많은 정도가 아니라 책들의 산더미, 책들의 요새이자 성벽이었다. 책들의 나라이고 왕국이었다. 책은 책장이 아니라 바닥에 그냥 쌓여 있었는데, 천장까지 닿는 세 겹 네 겹의 벽을 이루었다. 사방 어디를 둘러보아도 오직 책뿐이었다.

나는 등 뒤에서 문을 닫고 한동안 그 자리를 떠

나지 못한 채 문에 기대 서 있었다.

나는 현기증을 느꼈다.

그것은 오래전 어린 시절의 다락방 안으로 들어서는 느낌과 같았다. 냄새마저도 그때와 같았다. 모든 것이 사라졌지만 내 다락방은 사라진 것이 아니었다. 다락방은 낡아서 무너져 내린 것도 아니고 도시 정비 사업단의 불도저 이빨에 허물어진 것도 아니며 폭격을 맞아 불에 타버리지도 않았고 홍수에 휩쓸려 간 것도 아니었다. 다락방은 그냥 거기에 그대로 있었을 뿐이다. 단지 내가 그곳을 떠나왔을 뿐. 내가 그곳으로부터 사라졌고, 내가 낡아서 그곳으로부터 무너져 내렸다. 내가 폭격을 맞았고, 내가 불에 타버렸고, 그리고 물에 휩쓸려 간 것도 나였다.

내 손이 책들에 닿았다. 손끝이 책의 표면을 스쳤다. 나는 책들의 벽이 한꺼번에 무너져 내릴 것을 두려워하며 손을 떨어뜨렸다.

나는 무한한 현기증을 느꼈다.

그때 처음으로 생각이 들었다. 정말 이상한 일이기는 하지만, 작가가 되어야겠다는 생각. 어쩌면 나는 작가가 될지도 모른다는 생각. 위대한 작가나 대단한 작품을 써서 이름이 알려지는 그런 작가가 아니라, 오랫동안 자신의 회귀를 기다려온 다락방을 가졌기 때문에 결국 그곳에서 홀로 글을 쓸 수밖에 없는 작가.

　방에는 아무도 없었다. 드높이, 천장까지 닿도록 쌓인 책더미의 성벽과 흘러내리는 형체로 무너진 책더미의 폐허 사이로 좁은 침대와 책상과 의자 하나가 모습을 감추듯이 숨어 있었지만 남편은 보이지 않았다. 책상 위에 누군가가 몸을 구부리고 엎드려있는 듯이 보였지만 그건 가득 쌓아놓은 책더미가 책상 위로 반쯤 무너지면서 만든 형체에 불과했다. 책상 아래에 누군가 몸을 웅크리고 숨어있는 듯이 보였지만 그 역시 불규칙한 형태로 마구 쌓여있는 책더미였다.

　사각거리는 글자들의 숨소리가 들렸다.

　이 소리를 듣고 있는 나는, 나는 어쩌면 작가가 될지도 모른다. 그 어떤 지적인 훈련이나 재능도 없이, 그 어떤 준비나 지식도 없이, 오직 부엉이의 울음을, 오직 밤의 징후를, 해독할 수 없는 다락방의 문자로 옮겨 쓰는, 개연성 없는 문장들 사이로, 서툴게 말더듬는, 그 누구에게도 알려지지 않은 작가.

　남편이 책상 앞 의자에 앉아있었다. 그는 워드프로세서에 무언가를 쓰고 있었다. 나는 침대에 누워 그를 올려다보고 있었다.

방의 불빛은 조금 전보다 훨씬 더 흐릿해진 것 같았다. 이런 흐릿한 불빛 아래서 그는 어떻게 일을 할 수 있을까? 내 눈꺼풀은 무거웠다. 나는 침대에서 깜빡 잠이 들었다가 남편의 기척에 깨어났으리라. 아주 갑작스럽고 아주 짧은 잠이었다. 불편하게 구부린 자세로 누워있었으므로 무릎과 어깨가 뻣뻣했다. 남편이 덮어준 듯한 담요가 내 몸 위에 있었지만 그래도 나는 뼈마디를 파고드는 기이한 한기를 느꼈다. 남편은 내가 잠이 깬 것을 알아차리지 못하고 글쓰기에 열중하고 있었다. 나는 침대에 누운 채로 한동안 그의 모습을 가만히 지켜보았다. 워드 프로세서 위로 구부정하게 몸을 구부린 남편은 내 기억 속의 모습보다 훨씬 더 늙어보였다. 한동안 보지 못하는 사이 남편은 무서우리만큼 여위어서 뺨이 동굴처럼 움푹 파였고 머리도 거의 백발로 바뀌어 있었으므로 나는 충격을 받았다.

"여행을 떠났을지도 모른다는 말을 들었어요. 다른 방의 번역가가 그러더군요."

나는 누운 채로 남편에게 말을 걸었다.

남편은 의자를 돌려 비스듬히 나를 마주보았다. "여행이라니, 그런 생각은 해본 적이 없어. 난 돌아다니는 걸 좋아하지 않아. 그건 당신도 잘 알잖아."

"하지만 그 이태리어 번역가가 그러던걸요. 수염을 기른 젊은 남자."

"그는 이태리어 번역가가 아냐. 히브리어 번역가지."

"아 그렇군요." 나는 입을 다물었다. 우리는 한동안 말없이 가만히 있었다.

"내가 여기 온 건 당신에게 할 말이 있어서……." 나는 침대에서 몸을 일으켜 앉았다. 그러자 맞은편 책더미와 책더미 사이로 드러난 좁다란 벽에, 한 여인이 마치 어두운 틈새에 몸을 숨기듯이 웅크리고 앉아있는 것이 보였다. 나는 깜짝 놀랐다. 조금 전 내가 침대에 누울 때 분명 그곳에는 책더미뿐이었기 때문이다. 남편도 그녀가 거기 있다는 것을 알고 있을까? 그러나 남편은 앉은 자세에서 꼼짝도 하지 않은 채, 조금의 흔들림도 없는 시선으로 나를 빤히 지켜볼 뿐이었다. 책더미 사이의 그 여인은 놀랍게도 나와 아주 닮았다. 그녀는 나와 같은 머리 모양을 가졌으며 나와 같은 흰색 원피스를 입었다.

잠시 뒤 나는 그것이 흐릿하고 탁한 거울에 비친 내 모습임을 알아차렸다.

오래되어 거무스름해진 낡은 거울 앞에 남편은 책더미를 쌓아놓았고, 무슨 이유에선지 내가 잠든 사이 책더미의 일부가 소리 없이 쓰러지면서 거울이 드러났던 것이다.

내가 일어서서 거울로 다가가자 거울 속의 그녀도 일어서서 나에게 다가왔다. 그녀는 나와 같은 모습이었으나 거울 속의 다른 사물들과 마찬가지로 몹시 어둡고 그늘졌으며, 내가 알고 있는 나보다 훨씬 더 불분명하고 흐릿했다. 나는 그녀를 계속 응시하면서 남편을 향해 불쑥 말했다.

"갑자기 생각이 났는데…… 이상하게 생각하지는 말아요. 나 작가가 되고 싶어요. 물론 말도 안 되는 생각인 것을 잘 알지만, 그래도 그런 생각이 꿈처럼 떠올랐어요. 단순한 기분만은 아닌 것 같아요."

나는 남편이 웃음을 터트릴 거라고 생각했다. 아니, 적어도 조금은 웃을 거라고. 왜냐하면 그가 나를 처음 만났을 때, 나는 이미 더 이상 다락방의 아이가 아니었으므로. 그의 눈에 비친 나는 글을 쓰지도 읽지도 않는, 철저하게 비문자적인 사람이었으므로.

하지만 남편은 웃지 않았다. 그렇다고 내 말을 진지하게 받아들이는 것 같지도 않았다. 그는 이렇게 말했을 뿐이다. "독특한 꿈을 꾼 모양이군. 작가가 되고 싶게 만드는 꿈이라니. 그건 밤의 꿈인가, 아니면 낮의 꿈인가?"

"자면서 꿈을 꾼 것이 아니라, 문득 꿈처럼 그런 생각이 떠올랐다구요."

"당신이 작가가 되고 싶다고."

"…… 네 그래요." 나는 잠시 머뭇거리다가 대답했다.

"작가가 쉽게 된다고 생각하는 건 아니겠지?"

"물론 그렇진 않겠죠."

"혹시 당신 그사이 나 모르게 뭔가 글이라도 쓰고 있었던가? 설마 책을 읽지도 않는 당신이, 잡지나 추리소설조차 읽지 않는 당신이 정말로 글을 써 봤다는 말인가? 아주 믿기 힘들군."

"그런 건 없지만…… 아, 사실은 어떤 문장 하나가 떠올라서, 그걸 쓰긴 했지만, 당신이 집에 가져다 놓은 타자기에다…… 하지만 그것뿐이에요. 그건 글이라고 말할 수는 없겠죠. 하지만 그 생각이 머리에서 떠나지 않으면서, 오늘 여기 들어와서 책들을 보니, 오랜 의문이 풀리기라도 하듯이 갑자기 생각이 났어요. 작가가 되어야겠다고."

"하나의 문장?" 남편은 되물었다. "달랑 하나의 문장을 썼단 말이지? 그리고 여기 내가 더 이상 작업 공간을 넓힐 여력이 없어서 마구 쌓아놓은 책더미를 보니 작가가 되고 싶어졌다는 거야? 당신, 그건 좀 경솔한 결정처럼 들려…… 게다가 당신은…… 적어도 내가 알기로는 글이나 책과 거리가 아주 먼 사람이었는데 어떻게 갑자기 그럴 수가 있지? 당신은 책을 읽기 싫고, 심지어 일기나 편지도 쓰기 싫다고 말하지 않았던가?"

"글쎄 그건 나도 잘 설명할 수는 없지만, 어쨌든 그런 생각이 들었다는 사실 자체가 너무 신기해서 이렇게 불쑥 말하고 싶어진 거예요."

"뭐 지금부터라도 시작한다면 불가능한 일은 아니겠지. 하지만 말이야, 난 오래전에 출판사를 경영한 적이 있어……."

"네 알고 있어요. 당신이 말해주었잖아요."

"그때 작가가 되고 싶어 하는 사람들을 여럿 알게 되었거든."

"그랬군요."

"그중에는 이미 청소년기부터 작가가 되려는 꿈을 안고 준비를 해 온 사람들도 많았어. 엄청난 독서량은 물론이고 몇 년 동안이나 문장력 수업을 쌓고 글쓰기 강좌도 들으러 다니는 사람들 말이야. 그런데도 자신만의 글, 완성된 작품을 써내기에는 다들 아직 멀었다고 말을 하더라고."

"아……."

"내 말은, 당신도 물론 그런 꿈을 가질 수는 있지만, 작가란 결코 기분이나 즉흥으로 되는 건 아니라는 점을 미리 알고 있으면 좋겠다는 그런 뜻이야."

"물론 그렇겠죠."

"그래서, 지금 당장 구체적으로 뭘 어떻게 시작하겠다고 생각해둔 계획은 있는지?"

"아직은 아무것도 구체적인 건 없어요. 그냥 작가가 되고 싶다는 생각이 전부인걸요."

"스스로 재능이 있다고 느끼거나 아니면 적어도 노력해볼 의지를 갖고 있다면야……."

"오, 당신 너무 멀리 나가지 말아요. 난 정말로 진지한 작가가 되고 싶은 건 아니에요. 아니 내 말은, 물론 작가가 되고 싶다는 생각은 진지하지만, 그건 위대하고 훌륭한 작가, 위대하고 훌륭한 문학 작품을 쓰는 그런 작가가 되고 싶다는 욕심은 물론 아니란 거예요. 대단한 작품으로 사람을 감동시키는…… 타고난 천재적인 작가들…… 교과서에 나오는 그런 명망 있는 작가들 말이에요. 난 그런 걸 꿈꾼 건 아니에요. 그냥 글을 쓰는 사람이 되고 싶다는 생각이 들었단 것이고, 그게 전부예요. 그리고 아직은 아무런 계획도 없어요. 그리고 아마 난 작가가 될 수 없을지도 몰라요. 그래도 하나도 이상하지 않아요. 사실 작가가 되지 못한다 해도 마음이 크게 아프지도 않겠죠. 난 아무런 준비도 노력도 하지 않았으니까. 재능이 있는 것도 아니니까. 당신 말대로 이렇게 마음이 내킨다고 즉흥적으로 작가가 되는 거라면, 누가 몇 년씩이나 수업을 쌓고 있겠어요. 글을 쓰는 일이 그렇게 쉬운 거라면요." 나는 거울 속 여인을 바라보면서, 마치 그녀를 설득시키듯이, 그렇게 남편에게 말했다.

"그런데 당신이 꿈 얘기를 꺼내니 말인데." 한동안 말없이 있던 남편은 갑자기 화제를 돌렸다. "난 어제 이상한 꿈을 꾸었어."

"무슨 꿈?" 나는 거울 앞에서 몸을 돌리지 않은 채 물었다.

"꿈속에서 나는 깊숙한 타일 욕조에 색색의 알록달록한 금붕어들을 기르고 있었지. 다섯 마리 커다란 금붕어였어. 욕조에는 금붕어들뿐이고 다른 건 아무것도 없었어. 그런데 나는 또 하나의 욕조를 갖고 있었거든. 처음 것보다 더 큰 그 욕조에는 아주 커다란 사기 화분이 여러 개 물에 잠겨 있었어. 물속에서 기르는 나무, 그게 정확히 무슨 나무인지는 알 수 없지만, 그런 나무들이 심어진 화분이었어. 특이한 점은 화분의 흙이 오래되어 석탄처럼 아주 시커멨다는 거야. 문득 금붕어 욕조에 이 화분을 넣어 놓으면 금붕어들은 화초 사이를 헤엄칠 수 있어서 좋고 바라보는 나도 좋을 거라는 생각이 들더군. 그래서 잎이 많이 달린 가장 커다란 화분을 번쩍 들어서 금붕어들이 노는 욕조에 넣었지. 그런데 화분이 물속에 잠기자 놀랍게도 화분의 검은 흙 속에서 죽은 물고기들이 하나둘 떠오르기 시작하는 거야. 살점은 하나도 없이 시커멓게 뼈와 대가리만 남은 물고기들인데, 가만히 보니 그들은 죽은 것이 아니었어! 게다가 한두 마리가 아니라 계속해서 튀어 올라오는 거야. 시커먼 좀비 물고기들은 화려하고 통통한 금붕어들을 쫓아다니면서 앙상한 대가리에 달린 커다란 이빨로 금붕어들을 집어삼켰어. 난 공포를 느꼈어. 내 금붕어들이 하나씩 잡아먹히는 것을 눈앞에서 보면서도 아무런 조치를 취할 수 없어서 더욱 무서웠어. 공포는 꿈에서 깨어난 다음에도 완전히 사라지지 않더군. 소름끼치게 음침하고 불길한 꿈이었으니까. 그래서 당신이 이렇게 찾아와 할 말이 있다고 했을 때, 이런 건 사실 우리 관계에서 처음 있는 일이니까, 솔직히 난 속으로 이유 없는 불안을 느꼈어. 그런데 이제는 안심이야. 당신이 작가가 되고 싶어서 그 말을 나에게 하고 싶었던 거라니 말이야. 심지어 기쁘기까지 해……."

"당신은 내가 아는 유일한 글 쓰는 사람이잖아

요⋯⋯ 작가는 아니지만 번역을 하니까. 게다가 내가 아는 유일한 책 읽는 사람이기도 해요. 그리고" 나는 잠시 망설인 후에 말을 이었다. "그리고 나와 가장 가까운 사람인 거잖아요. 그래서 당신에게 이 말을 하고 싶었어요."

"정말로 작가가 되든 되지 않든, 어쨌든 그런 당신이 자랑스러워." 남편은 미소를 지어 보였다. 주름과 근육을 가볍게 씰룩이는 것이 전부인, 아주 희미한 미소였다. "내가 당신에게 해줄 수 있는 충고란, 이제부터 책을 많이 읽으라는 거야. 당신은 아직 깨닫지 못하겠지만, 사실 이 세상은 곧 글이야. 글이야말로 우리 삶의 내용이라고 할 수 있는 유일한 것이기도 해⋯⋯ 글이 없는 삶은 내용이 없는 사건에 지나지 않지⋯⋯ 당장은 이해할 수 없겠지만, 책을 읽는 자들은 누구나 이것을 알고 있어. 그러니 읽도록 해."

"당신이 자랑스러워하니 나도 좋아요. 그런데⋯⋯." 나는 거울에서 몸을 돌리고 남편을 바라보았다. "내가 계속해서 이렇게 거울을 보면서 말하고 있는데, 당신은 나에게 가까이 오라고 하지도 않고, 그렇다고 나에게 다가오는 법도 없네요."

"그건 무슨⋯⋯?" 남편은 조금 당황하는 듯했다. "방이 이렇게 좁은데, 손만 뻗으면 우리는 서로 닿을 수 있을 만큼 가까운데, 그건 무슨 소리야? 우리는 굳이 그럴 필요조차 없이 이미 가까이 있는 셈인데, 무슨 의미로 하는 말인지 모르겠군……."

"의미는 없어요. 그냥, 어쩌면 당신이 나를 더 이상 사랑하지 않는다는 그런 느낌이 들었을 뿐이에요."

"바보 같은 소리야." 남편은 소리 내어 조금 웃었다. "나는 당신을 사랑해. 그렇지 않다면 왜 결혼했겠어?"

"나도 당신을 사랑해요. 그렇지 않다면 당신 말대로 결혼했을 이유가 없죠."

우리는 그 상태로 잠시 서로 마주보고 있었다.

"이리 가까이 다가와." 남편이 나를 향해 팔을 뻗었다. 그 팔은 나에게까지 닿지는 못하고 허공에 그대로 멈추었다.

내가 그에게 다가갔다.

우리는 겹쳐진 채로 가만히 있었다.

남편의 몸은 속이 텅 빈 허수아비같이 마르고 가벼웠다.

"미안해." 남편이 말했다. "미안해. 당신을 오래 혼자 둔 것. 방세를 전부 혼자서 감당하게 한 것."

"알고 있어요. 요즘 일이 잘 안 풀린다는 것. 그

래서 마음의 여유까지도 없다는 것." 나는 그를 위로
하고 싶었다.

"조금만 지나면 나아질 거야. 조금만 지나면 은
행 빚도 전부 갚을 수 있고."

"그런 건 아무래도 좋아요."

"아무래도 좋지 않다는 것쯤은 나도 알고 있어."

"당신 머리가 백발이 되었군요. 게다가 너무 많
이 말랐어요."

"나이 많고 가난한 남편이어서, 항상 당신에게
미안해."

"그런 말이 어디 있어요. 우리 둘이 노력하면 앞
날은 더 나아질 거예요. 반드시 그렇게 될 거예요."

언제인가, 남편과 이와 똑같은 대화를 나누었던
것이 기억났다. 아마도 결혼을 결정한 직후였을까?
아니면 신혼여행을 다녀온 다음이었을까? 그때도 남
편은 말했다. 미안해. 방세를 혼자 내게 해서 미안해.
은행 빚을 해결하지 못해서 미안해. 미안해. 하지만
나는 혼자서 일할 공간이 필요한 사람이야. 나는 낮
의 인간들이 견딜 수 없어…… 나는 북적거리는 인간
들의 육체적인 부대낌이 견딜 수 없어. 나이가 들수
록 점점 더 견딜 수 없어. 나는 당신을 사랑하지만,
그럼에도 불구하고 나는 밤이 필요해…… 그때도 나는

같은 말로 그를 위로했다. 어떤 상황이라도 당신을 사랑해요. 그렇지 않다면 왜 당신과 결혼했겠어요. 방세는 중요하지 않아요. 은행 빚도 중요하지 않아요. 우리 둘이 함께 노력하면 앞날은 얼마든지 나아질 수 있어요. 당신이 나이 들어도, 당신의 머리가 백발이 되어도, 당신의 몸이 허수아비처럼 변해도, 당신이 밤이라도 혹은 낮이라도, 나는 상관없이 당신을 사랑해요. 변함없이 당신을 사랑해요. 그렇지 않다면 왜 당신과 결혼했겠어요.

"정말로 작가가 되든 되지 않든, 어쨌든 당신이 자랑스러워." 남편은 내 가슴에 머리를 묻고 말했다. "당신이 읽어보면 좋을 책들을 골라서 보내줄게. 책도 안 읽고 무작정 글부터 쓸 수는 없을 테니 말이야."

"그건 아직 모르겠어요. 하지만 읽지 않으면 글을 쓸 수 없다는 것은, 난 솔직히 몰랐어요……."

"당신은 아무것도 몰랐잖아. 글에 대해서는. 쓰는 것이든 읽는 것이든……."

"맞아요. 난 아무것도 몰라요. 하지만 당신에게 하지 않은 말이 있는데…… 난 오래전에…… 난 오래전에 다락방에서 자랐어요. 거긴 책이 아주 많았답니다. 책들이 성을 이루고 담을 이루고 겹겹이 폐허를 이루었어요. 그래요, 지금 생각하니, 그곳은 마치 책들의 무덤 같았어요. 허공에 지어진 고분말이에요. 차갑게 식은 불꽃 속에서 흐릿한 주작이 날개를 펴고 있는 곳…… 난 거기서 홀로 자랐어요. 당신에게는 아직 말한 적이 없지만. 당신 듣고 있어요?"

남편은 아무런 대답이 없었다. 그냥 내 가슴에 꼼짝없이 얼굴을 묻고 있을 뿐이었다.

"당신에게 언젠가 이야기하고 싶었어요. 그 시간에 대해서. 그러면 아마 당신은 내가 지금 왜 이러는지, 조금은 이해할지도 모르죠. 나 자신도 이해하지 못하는 그 일에 대해서 말이에요." 나는 말없는 남편의 머리를 가만히 쓰다듬었다. "사실 그건 일어나지 않은 일이에요……."

"일어나지 않은 일이라고? 일어나지 않은 일을 어떻게 말한다는 거지?"

남편이 이렇게 중얼거리는 소리를 들었다는 생각이 들었다. 그래서 나는 계속해서 말했다.

"그래서, 일어나지 않은 일을 말하려 하니, 자꾸만 다른 일들이 불쑥불쑥 떠올라요. 일어나지 않았던 다른 일들 말이에요. 예를 들자면, 오래전부터 당신에게 말하려던 것이었는데, 예를 들자면 모노 호수에서의 일…… 모노 호수에서 당신이 그토록 오래 보이지 않았을 때, 나는 당신이 정말로 나를 완전히 떠나

171

버린 줄 알았어요……."

남편은 대꾸하지 않았다. 그는 마치 잠든 듯이 내 가슴에서 규칙적인 숨소리를 내고 있었다.

"한참을 기다린 후 소방차와 앰뷸런스가 사이렌을 울리며 오고, 구조대원이 보트를 타고 호수 한가운데로 들어갈 때…… 나는 그들의 말을 이해하지 못하면서 알아차렸어요. 아, 누군가가 물에 빠졌구나. 그때 나는, 발밑의 땅이 푹 꺼지면서, 아무 생각도 할 수 없었어요. 아무런 말도 할 수 없었어요. 심지어 아무것도 보이지도 않고 아무것도 들리지 않았어요. 나는 돌이 되어버렸어요. 석회석처럼 흘러내리며 굳어버렸어요. 그때 나를 장악해버린 오직 한 가지 인식은, 이것이 꿈이기만 하다면, 이것이 꿈일 수만 있다면 나는 뭐든지 다 할 텐데, 그것이었어요. 당신 알고 있나요? 그 순간 나는 내가 믿지 않는 신에게 내가 갖지 않은 영혼을 당장 내어주겠다고 약속하고 있었어요. 그리고 실제로 그렇게 약속도 했어요."

"당신이 믿지 않으면, 신은 없는 거야. 영혼도 마찬가지고." 나는 남편이 고개를 들지 않고 이렇게 말하는 소리를 들은 듯했다. 그의 목소리는 이상하리만큼 아득히 먼 곳에서 울려오고 있었다. "우리에게는 아무 일도 일어나지 않았으니, 그러니 그런 약속은 그만 잊어버리도록 해."

"정말 다행이에요." 나는 계속해서 말했다. "정말 다행이에요. 아무 일도 일어나지 않아서."

"당신이 읽어보면 좋을 책들을 골라서 보내줄게. 그리고 그런 약속은 그만 잊어버리도록 해."

"그런데, 오늘 사실은, 일어나지 않은 어떤 일을 당신에게 말하려고 온 거예요. 그건 실제로는 일어나지 않았지만, 어떤 의미로는 실제로 일어난 일만큼 중요하게 느껴져요. 그래서 당신에게 이야기해야겠다는 생각이 들었어요…… 당신 듣고 있어요?"

나는 남편의 얼굴을 내려다보았다. 푹 꺼진 남편의 눈꺼풀은 굳게 닫혀 있었다. 그의 입술은 이미 오래전부터 움직이지 않았다. 그러나 나는 먼 동굴에서 울리는 남편의 말소리를 들었다.

우리에게는 아무 일도 일어나지 않았잖아. 그러니 그런 약속은……。

넌 도덕심이 없어. 그러니 결혼을 한다 해도 오래가지 못할 거야. 나는 너를 믿지 않아. 그러니 네가 결혼한다는 말도 사실은 믿지 않아. 지난번 결혼과 마찬가지로 이번 결혼도 역시 가짜가 분명해. 넌 이기적이고 거짓말쟁이야. 도덕심이 없으니 죄의식도 없을걸. 그러니 넌 네가 하고 싶은 일만 골라서 하겠지. 그게 점잖은 결혼은 절대 아닐 테고 말이야.

하고 어머니는 내 두 번째 결혼을 앞두고 말했다.

그리고 어머니는 내 뺨을 때렸는데 그건 그녀가 내 계모여서는 분명 아니었다. 그보다는 차라리 내가 죽은 남동생의 사진에 침을 뱉었기 때문에 화가 나서 그랬을 가능성이 더 높았다.

그리고 아무 일도 일어나지 않았다. 단지 내가 남편의 몸을 거칠게 밀쳐냈을 뿐이다. 남편의 상체는 썩은 짚단으로 만든 허수아비처럼 흔들거리며 의자 등받이로 가서 부딪혔다. 천장의 불빛은 조금 전보다 더욱 흐릿해져서, 방 안의 사물은 전부 거무스름하게 변했다. 모든 것이 오래되어 혼탁한 검은 거울 속에 있는 것 같았다. 뼈만 앙상하게 남은 남편의 얼굴조차 정확히 보이지가 않았다. 그는 아무런 저항도 없이 내가 밀쳐낸 그대로 힘없이 흔들거릴 뿐이었다. 그의 입술은 전혀 움직이지 않았지만, 나는 남편의 목소리를 들었다. 당신이 읽어보면 좋을 책들을 골라서 보내줄게. 방세를 혼자 내게 해서 미안해. 당신이 자랑스러워. 당신은 분명 좋은 작가가 될 거야……

오, 당신의 시커멓게 뼈와 대가리만 남은 물고기들.

남편이 얼굴을 묻고 있던 내 원피스 가슴 부분에

는 기묘하게 거무스름한 얼룩이 남았다. 고개를 숙여 코를 가까이 대어보자 악취가 났다. 악취는 책으로 가득 찬 방 안 전체에 빠른 속도로 퍼졌다.

나는 남편을 향해 침을 뱉었다. 하지만 남편은 내 뺨을 때리지 않았다. 그는 아무것도 하지 않았고, 내게는 아무 일도 일어나지 않았다.

당신이 읽어보면 좋을 책들을 골라서 보내줄게.

나는 내가 한 행위에 몸서리쳤다. 얼음처럼 차가운 내 몸에서 뜨거운 땀이 흘렀다. 나는 달아나듯이 그곳을 나왔다.

스물아홉, 두 번째 이혼을 며칠 앞두고 이사 준비를 하던 나는 흐트러진 집안 소파에 앉아 식어버린 커피를 마시는 중이다. 그리고 오후가 저물어 가는 내내 1951년 발간 잡지 《서울의 장미》를 계속해서 읽는다. 거기에 실린, 나와 같은 이름을 가진 어느 작가 지망생의 투고를 읽는다.

무서운 소문이 단숨에 도시를 휩쓴다. 그것은 네이팜탄보다도, 심지어 전쟁 자체보다도 더욱 무서운 소문이다. 그날, 나는 유탄에 맞아 상처 입은 발을 이끌고 항구로 향한다. 반드시 가야 한다고 김 선생이

나를 설득한다. 이제 곧 이 도시는 지옥불의 화형에
처해질 것이기 때문이다. 그들은 피리 부는 난쟁이,
키 작은 황인종을 모두 박멸할 것이다. 나는 김 선
생과 함께 길을 나섰으나 몇 걸음 걷지 못하고 얼어
붙은 웅덩이에 발이 미끄러지면서 길바닥에 쓰러진
다. 김 선생이 힘겹게 나를 일으킨다. 공포와 고통으
로 나는 소리 없이 운다. 그러나 김 선생은 나를 지체
하도록 놓아두지 않는다. "우리는 선택의 여지가 없
어요, 여기 있으면 모두 죽습니다." 그는 말한다. 항
구로 가는 길목은 처참하게 비쩍 마르고 누추한 인
간 군상들로 가득하다. 그들이 만들어낸 더러운 파도
가 공포와 분노로 들끓고 부글거리면서 항구로 항구
로 몰려가는 중이다. 눈길이 닿는 곳 어디에나 인간
과 가축의 똥과 진흙이 버려진 인간의 잔해들과 뒤엉
켜 있다. 까마귀들이 새까맣게 모여든 쓰레기 더미
위에는 숯덩이처럼 타버린 아이가 놓여있다. 아이는
사지를 오므린 채 동그랗게 웅크린 자세이다. 우리는
한순간 물끄러미 그것을 본다. 전쟁 중에 죽음은 흔
한 현상이다. 그러나 죽은 줄 알았던 아이가 뭉뚱하
게 타버린 손발을 아직 꼬물거리고 있는 것을 확인한
순간, 우리는 눈길을 외면해 버린다. 우리는 손을 잡
고 계속해서 간다. 우리는 발을 질질 끌면서 간다. 폭

격을 맞은 노동자들의 숙소는 무너졌고 산비탈 흙집
들은 오물과 함께 흘러내렸다. 남루한 도시의 모든
폐허가 한겨울 추위에 한꺼번에 덩어리진 채 얼어붙
었다. 죽은 자와 산 자가 함께 얼어붙었다. 아직도 살
아있는 사람들은 짐승처럼 벌레처럼 등을 구부리고
폐허 사이에서 석탄이나 땔감 부스러기를 주우러 다
닌다. 폭탄은 모든 것을 불바다로 만들었고 남아있는
것은 불에 탄 찌꺼기뿐이다. 얼어붙지 않은 웅덩이에
는 악취 나는 물이 고여있다. 살이 찢겨나갈 듯한 한
겨울의 바람에도 불구하고 모든 사물에 스며든 악취
가 땀구멍과 목구멍을 조인다. 불도저의 톱날이 아
직 남아있는 집들을 무너뜨리며 숨어있을지도 모르
는 공산주의자들을 찾아내는 중이다. 섬뜩한 광풍이
휘몰아치는 부둣가에는 천이나 수건으로 얼굴을 감
싼 누더기 차림의 피난민들이 장사진을 이룬다. 거대
한 배들이 항구 저편에 떠 있다. 기름이 둥둥 뜬 바다
는 음험하게 짙은 회색빛이다. 그러나 이제 저 바다
만이 구원이다. 패닉이 닥친 것은 오늘 새벽이다. 지
금 도시 전체는 죽음의 공포로 제정신이 아니다. 정
신이 나가버린 사람들이 발광을 하면서 부둣가로 모
여든다. 해안가 도로에 늘어선 기다란 공장 건물들은
오래전에 약탈당했거나 파괴되었고, 먹을 것이라곤

썩은 생선 대가리 하나조차 구경할 수 없다. 역겨운 기름과 화약 냄새가 도시 전체에 떠돈다. 당장은 폭격이 없지만, 조만간에 포탄은 다시 떨어질 것이다. 불을 내뿜는 화기들이 이 항구 도시의 마지막 똥 무더기까지 모조리 난도질할 것이다. 화상을 입고 피투성이로 터져버리지 않은 인간의 살갗은 남아있지 않으리라. 지금 살아남은 아이들은 추위와 배고픔, 그리고 정체 모를 공포에 찢어지라 운다. 하지만 그들이 언제까지 살아남아 있을지 그건 아무도 모른다. 강풍이 우리의 낡은 옷자락을 펄럭이고 우리는 비틀거린다. 우리는 사람들 틈에 섞여 이리저리 휩쓸리면서 기다린다. 기다리고 또 기다린다. 멀리서 포성이 들릴 때마다 사람들의 낯빛이 먼저 새까맣게 죽는다. 마치 사람들의 몸 안에서 심장이 먼저 타들어 가는 것처럼. 육지는 사방이 중공군이 포위한 지옥의 전쟁터가 되었으므로, 차가운 이빨을 드러낸 바다가 유일한 길이다. 나는 스카프로 얼굴을 최대한 감싸지만 한겨울의 바닷가 북풍을 막기란 불가능하다. 허기와 피곤도 우리를 괴롭힌다. 나는 눈이 감기고 거의 정신을 잃을 정도이다. 사랑에 빠진 우리는 기차를 타고 블라디보스토크로 가려 했으나 어느 날 갑자기 국경 검문이 엄격해지는 바람에 이 황량한 항구 도시에서 발이 묶였다. 나는 러시아 라디오 방송국에서 일하게 되었고 서울에서 나에게 러시아어를 가르쳤던 김 선생은 이 도시의 학교에서 교사 자리를 얻었다. 그래서 우리는 서울로도 블라디보스토크로도 가지 않았다. 우리가 어떻게 해서 피난민 통제선 앞까지 도달했는지 알지 못한다. 어느덧 우리의 눈앞에는 납빛으로 일렁이는 바다가 놓이고, 고무보트들 위로 나무판자 다리가 걸쳐진다. 사람들이 보트 위로 올라가고 있다. 미친 듯한 이 바람! 나는 쓰러질 것만 같다. 갑자기 "저 여자! 저 여자! 저 여자는 소련군의 통역이었어! 공산주의자!" 하고 내 등뒤에서 크게 말하는 소리가 들린다. 고발하는 목소리, 적의와 증오를 품은 목소리이다. 나는 모른 척해 보려 하지만 누군가 내 겉옷의 뒷자락을 난폭하게 끌어당긴다. 나는 비틀거리면서 뒷걸음친다. 꾸역꾸역 밀려드는 사람들 때문에 나는 어느새 김 선생을 놓치고 만다. "어디 있어요! 내 손을 놓치면 안 돼요!" 김 선생이 다급하게 외치지만 그의 목소리는 터져나오는 그악스러운 소용돌이에 묻혀 버리고 만다. "저 여자는 소련군 통역이었다고요! 저 여자를 쫓아내야 해요!" 하고 조금 전의 그 목소리가 피난민 통제선을 지키고 있는 미군에게 소리친다. 미군은 그 말을 알아듣지 못하지만 의

심을 담은 눈길로 나를 바라본다. "코뮤니스트!" 하고 이번에는 다른 사람이 말라빠진 더러운 손가락으로 나를 가리키면서 고발한다. 그러자 긴장한 미군이 당장이라도 총부리를 나에게 겨눌 태세이다. 공포에 질린 나는 꼼짝할 수가 없다. 김 선생은 인파에 떠밀려 빠르게 멀어지고 있지만 그를 쫓아갈 수가 없다. 계속해서 나를 부르는 김 선생의 목소리도 순식간에 아득해지며 나는 한꺼번에 밀려오는 공포와 충격으로 아무런 생각을 할 수가 없다. 나는 무력하게 두 손을 들어 텅 빈 손바닥을 미군에게 내보인다. 누덕누덕 기운 초라한 보퉁이의 물결이 꾸역꾸역 내가 있는 자리로 끊임없이 밀려들고 있으므로 나는 그 자리에 가만히 서 있을 수조차 없다. 김 선생의 모습은 어느새 보이지도 않는다. "비켜, 비켜!" 하고 내 정체를 눈치챈 사람들이 기세 좋게 소리치며 위협한다. 그들은 나를 물에 빠뜨려 죽일 듯이 거칠게 밀쳐낸다. 굶주림에 지친 그들의 어디서 저런 엄청난 힘이 솟아났을까 알 수가 없다. 나는 비틀비틀 밀려난다. 나는 보트에 올라탈 수가 없다. 나는 더 이상 김 선생의 손을 찾을 수가 없다. 나는 언젠가 이런 순간이 닥쳐올 것을 알고 있었다는 느낌이 든다. 나는 나무토막처럼 무감각하다. 심지어 추위와 배고픔조차도 느끼지 않

는다. 나는 희망을 버린다. 나는 땅바닥에 내팽개쳐
진다. 이제 우리가 다 떠나고 나면 미국이 너희들을
모두 쓸어버릴 거야. 너희들을 모두 산 채로 불에 태
워 죽일 거야! 그때가 되면 너희는 불 속에서 저절로
만세를 부르겠지! 이것이 해방이라고! 누가 내 귀에
다 이렇게 낄낄거리고 있다. "나는 공산주의자가 아
니야! 난 라디오 방송국에서 일했을 뿐이야! 당신들
은 나를 다른 누군가와 혼동하나 본데, 나는 소련군
의 명령에 따라 통역을 한 것이 전부야!" 나는 이렇
게 소리쳐보지만 내 목소리는 보트에 올라타려는 군
중의 소름 끼치는 아우성과 채찍처럼 사나운 바람 소
리에 묻혀버린다. 그들은 한 명의 공산주의자를 배에
서 몰아낸 덕분에 여분의 자리가 더 생긴 것이 기뻐
서 어쩔 줄을 모른다. 거무스름한 붉은 구름이 도시
의 하늘 전체에 무겁게 퍼져있다. 둔중한 폭음이 귀
를 찢으며 연속적으로 들려온다. 곳곳에서 시설과 기
물을 폭파하고 있다. 굉음과 함께 시커먼 연기가 뭉
클거리며 솟아오른다. 나는 차가운 바닥에 손바닥을
짚고 있지만 차가움을 느끼지조차 못한다. 어쩌면 나
는 죽을 것이다. 나는 배에 올라타는 김 선생의 모습
이라도 마지막으로 확인해보려 한다. 그때 내 눈에,
바다 위 보트에서 불안정한 자세로 서서 나를 찾는

듯 두리번거리는 김 선생의 모습이 들어온다. 그러나 그것도 잠시, 사람들이 김 선생의 멱살을 잡고 밀어내는 광경이 보인다. 그들은 뒤늦게 또 한 명의 러시아어 통역자를 발견한 것이 의기양양하다. 코뮤니스트! 그들이 바다 위에서 합창한다. 그들은 김 선생을 발로 찬다. 김 선생은 팔다리를 허우적거리다가 결국 짙은 회색빛 물속으로 빠져버리고 만다. 코뮤니스트! 하고 외치는 말에 보트를 지휘하는 미군도 폭도들을 제지하지 않는다. 너울거리는 파도에 가려 물보라는 심하게 일지 않는다. 물이 강철 혓바닥처럼 내 사랑을 삼킨다. 그 순간 내 가슴 속에서 거대한 고무 폭탄이 터지며 심장이 파열한다. 나는 산 채로 활활 불에 탄다. 우리는 화형에 처해질 것이다. 나는 두 눈을 질끈 감는다. 눈물은 나지 않는다. 우리는 산 채로 불에 탄다. 우리는 굶주린 사람들의 손에 찢긴다. 우리는 혹한의 북방 얼음바다에 가라앉는다. 시간이 정지한다. 나는 더 이상 비통하지도 공포스럽지도 않다. 김 선생을 밀어버린 보트는 아무 일도 일어나지 않은 양 넘실거리며 거대한 배를 향해서 다가간다. 보트가 배에 가 닿자 사람들은 두 손을 번쩍 들고 만세를 부른다. 그들은 생명을 얻는다. 그들은 지옥불의 화염을 피한다. 그들의 살아남은 입은 이야기를 계속하고 그들의 살아남은 손은 이야기를 기록한다. 마지막 보트까지 떠나고 나자, 부둣가에 남겨진 사람들의 눈물과 비탄이 저주의 강을 이룬다. "아악! 끝내 너희는 떠나버리는구나! 너희가 가고 나면 이제 미국의 원자폭탄이 날아오겠구나! 원자폭탄이 날아오겠구나! 우리를 다 산 채로 불태워 죽이겠구나! 왜 너희는 이 나라에 와서 우리에게 이런 지옥을 안기고 떠나는가?" 비통한 절규가 하늘을 찢는다. 공포로 미쳐버린 여인이 가슴에 안고 있던 아기를 땅바닥에 팽개친다. 가까운 곳에서 엄청난 꽝음이 귀를 찢는다. 가장 규모가 큰 정유 탱크가 폭파된 것이다. 시커먼 연기가 뭉클뭉클 솟고 불꽃과 파편이 공중으로 날아오른다. 희미하고 흐릿한 한겨울의 태양이 검은 연기의 장막 뒤로 사라진다. 빛 없는 세상은 낡고 어둡고 거무스름하다. 너희 살아남을 자들이여, 원한다면 모조리 태워버려라, 이 무의미한 밤의 나라를. 이곳에서의 체류는 그토록 불행하지만, 나는 그것을 말하지 않는다. 마치 아무 일도 일어나지 않은 밤의 부엉이처럼 나는 조용히 구석에 웅크릴 뿐이다. 그리고 철수가 완료된 후 중공군의 도시 진입에 맞추어 미국이 투하할 예정이라는 고요한 검은 새, 원자폭탄을 기다린다.

완전히 어두워졌다. 밤이 되었다.

나는 식은 커피를 버리고 다시 새 커피를 끓인다.

아무 일도 일어나지 않은 채 주말이 지나간다.

나는 새 셋집으로 이사한다.

다음주 월요일, 나는 직장으로 향하는 버스 안에 앉아있다. 일주일의 휴가가 끝났기 때문이다. 도중에 올라탄 사람이 비어있는 내 옆자리에 와 앉으면서 휴가는 어땠느냐고 인사를 건넨다. 그는 나와 같은 직장에서 일하는 동료이며, 휴가 중에 내 일을 대리로 맡아서 한 사람이기도 하다. 그래서 그는 인사를 마친 뒤 즉각 미해결인 일 이야기를 꺼낸다.

"아무리 찾아봐도 혼인신고를 한 서류가 없으니, 달리 방법이 없는 일 아닌가요?" 그는 아직도 조금 심통이 나 있는 듯하다. "그런 상황에서 무조건 결혼증명서를 만들라고 하면, 나더러 어쩌라는 것인지."

"내가 한 번 더 잘 찾아볼게요. 그러면 아마 발견할 거예요."

"내가 서류함과 캐비닛을 온통 샅샅이 뒤져 봤는데 분명히 없었다구요." 그는 항변한다. "그러다 문득 이런 생각이 났는데…… 혹시 작년에 구청이 이사를 할 때, 혹시 그때 분실된 거 아닐까요? 그러면 큰일인데."

"설마 그럴 리가요. 그리고 이제 내가 왔으니 알

아서 해결할게요. 원래 내 일이기도 하니까요." 나는 상냥하게 대꾸한다.

"난 이 일이 정말 싫어요." 그는 어느 정도 마음이 놓인 듯 늘 하던 대로 익숙한 불평을 쏟아놓는다. 내가 부탁한 일에 대해서가 아니라, 나 자신의 것이기도 한 자신의 직업에 관해서이다. "나뿐 아니라 나를 찾아오는 모든 사람들이 내 일을 싫어해요. 그래서 그들은 마침내 나라는 인간마저도 싫어하게 되는 듯해요."

"설마 그럴 리가 있나요." 나는 건성으로 위로한다.

"정말이라니까요. 나는 예전부터 국가 혐오자였어요."

"국가를 혐오하건 그렇지 않건, 어쨌든 일은 필요하잖아요. 일은 일일 뿐, 특별히 좋아할 필요도, 그렇다고 혐오할 필요도 없다고 생각해요."

"대학 시절 내내 아나키스트였고 게다가 제도권 결혼 반대자인 내가, 서른도 안 된 나이로 하필이면 호적에 혼인 기록이나 정리하면서 살고 있다니⋯⋯." 그는 한숨을 쉰다. "채 일 년도 지나지 않았지만, 이제 구청이라면 지긋지긋해요."

나는 그의 투덜거림에 더 이상 귀 기울이지 않는

다. 나는 무릎 위에 놓인 오래된 잡지를 다시 읽기 시작한다.

이곳에서의 체류는 여전히 그토록 불행하지만…… 나는 그것을 말하지 않는다.

밤은 부엉이에게 울음을 주고…… 나는 울지 않는다.

소나기 내린 뒤, 하늘이 파랗게 맑은 한여름 아침이다. 나는 읽는다는 행위에 매료된다. 나는 낡은 종이와 활자의 냄새를 깊이 들이마신다. 나는 잃어버린 어떤 내용을 되찾은 듯하다. 내 언어가 말할 수 없는 그 내용에 나는 매료된다. 그것이 나를 만든다. 내 표정을 만든다.

버스가 강을 건너갈 무렵, 옆자리의 동료가 갑자기 내 팔을 잡으며 묻는다. "저것 봐요, 저게 뭐죠?"

흰 구름이 점점이 흩어진 높고 새파란 여름 하늘을 배경으로 비행기가 한 대 고요히 지나가고 있다. 한쪽으로 약간 기울어진 듯한 비행기는 불안정한 기류 때문인지 잠시 비틀거린다. 그리고 마치 아름다운 여인이 특별한 장소에서 손수건을 떨어뜨리듯이, 그렇게 검은 물체 하나를 강물 북쪽 도심 위로 떨어뜨린다. 물체는 허공에 비스듬하게 누운 모양으로 낙하한다. 마치 죽은 새의 비행처럼 검고 고요하다. 그 어면 저항도 소리도 없다.

하나의 트로이 안에 또 다른 트로이가……
— 여성(들)의 이야기와 마트료시카의 시간

신수정(문학평론가, 명지대 교수)

황홀한 매혹에 대하여

2016년 경기문화재단의 문학 지원사업의 결과로 간행된 배수아의 작은 소설집 《밀레나, 밀레나, 황홀한》이 새로운 판형으로 나왔다. 기존의 단편 두 편에 2014년 2회에 걸쳐 《문장웹진》에 연재한 중편 분량의 〈부엉이에게 울음을〉을 추가한 채로다. 그동안 그녀의 소설을 기다려온 독자들이라면 분명 반가운 소식이 될 듯하다. 그러나 배수아의 소설들이 대부분 그러하듯 이 소설들 역시 읽기가 수월하지 않다. 스토리라인은 불분명하고 등장인물의 성격은 모호하기 짝이 없다. 현실은 꿈과 뒤섞이고, 꿈인가 하면 어느새 현실의 자장이 감지된다. 요컨대 2000년대 이후 그녀가 일관되게 유지해온 어떤 문학적 태도, 즉 "선명한 스토리에 의존해서 진행되는 글을 내게서 가능한 한 멀리 두고 그사이를 뱀과 화염의 강물로 차단하고자"(⟨작가의 말⟩, 《에세이스트의 책상》, 문학동네, 2003) 하는 작가의 입장은 이 작은 소설집에서도 여전히 유효해 보인다.

돌이켜보면 배수아는 오랜 시간, 거의 등단 초기부터 이런 기조를 유지해온 편이다. '이미지에 대한 매혹'이나 에세이에 가까운 '자유로운 사유의 흐름'이 그녀의 소설을 특징짓는 가장 중요한 키워드로 이해되어온 것도 이와 무관하지 않을 것이다. 최근 들어 배수아는 이를 더욱 밀어붙이고 있다는 인상을 준다. 《서울의 낮은 언덕들》(자음과모음, 2011)은 '낭송 전문 무대 배우' 경희의 '오디세이아'를 통해 '목소리의 현전'이 불러일으키는 존재의 감각적 접속의 가능성을 탐색하고 있으며, 《뱀과 물》(문학동네, 2017)은 끊이지 않고 반복되는 '꿈의 이미지'를 통해 '여성'에 관한 몽환적 사유의 한 극단을 경이롭게 보여준 바 있다. 이제 고전적인 의미에서의 소설과 거리를 두려는 그녀만의 '뱀과 화염'의 장치는 그녀를 특징짓는 유니크한 인장이 되어버린 느낌도 없지 않다.

새롭게 선보이는 《밀레나, 밀레나, 황홀한》 역시 이러한 흐름에서 크게 벗어나 있지 않다. 현실을 넘어 사유의 경계를 확장하는 꿈의 이미지나 목소리의 현전은 이 소설집에서도 여전히 두드러진다. 물론

《밀레나, 밀레나, 황홀한》만의 '반짝이는' 순간도 없지 않다. 이 작은 소설집은 단 세 편으로 구성된 단출한 구성을 자랑하는 만큼 기나긴 이야기의 사슬을 뚫고 나오는 '시적인 순간'의 '황홀한 매혹'이 유독 돋보인다. 무어라고 규정할 수 없는 삶의 우연과 존재의 중첩 속에서 어느 순간 생의 비의를 드러내는 에피파니(epiphany)의 순간이 명멸하고 있다고 할까. 우리는 이 시간의 마법을 통해 다양하게 '콜라주' 된 서로 다른 '여성'의 '목소리'를 듣는다. 이 목소리들은 이제까지 그러하리라고 간주되어 온 여성에 관한 단일하고 동질적인 이미지를 넘어 살아 움직이는 다수의 여성'들'의 실존을 감각적으로 복원해낸다. 이 소설집이 선보이는 시적 순간의 황홀은 이 복원의 기쁨과 무관하지 않을 것이다. 마침내 트로이를 '발견'한 자의 경이, 그 놀라움 말이다.

밀레나, 경희, 그리고 나
〈밀레나, 밀레나, 황홀한〉의 중심인물인 독립영화감독 '험윤'(이 네이밍의 낯섦이라니!)은 일상의 루틴이 되어 버린 '욕조 속에서의 책 읽기' 도중 우연히 《밀레나에게 보내는 편지》를 읽게 된다. 그가 기억하는 한 이 책은 자신이 산 책이 아니다. 그는 책을 사거나 선물을 받게 되면 책 속표지에 날짜나 장소, 상황 등을 메모하는 습관이 있는데, 이 책의 속표지에는 "그가 적은 것이 절대 아닌"(15쪽) 어떤 문장이 '불균형하게 기울어진 독일어 필체'로 씌어 있다. 황홀한 밀레나. 밀레나 예젠스카는 카프카의 마지막 연인이다. 늘 사랑을 갈구하지만 정작 그것이 이루어지려는 찰나 자신의 고독이 사라질까 두려워 항상 파혼을 선택하고야 말았던 카프카는 말년에 유부녀 밀레나를 만나 그녀와 사랑에 빠진다. 어쩌면 유부녀라는 조건이 그들의 사랑을 가능하게 했는지도 모른다. 카프카와 그녀는 프라하와 빈을 경유하며 내밀한 '편지'를 주고받는다. 《밀레나에게 보내는 편지》는 바로 이 소통의 흔적을 모아놓은 책이다.

험윤이 우연히 집어 든 책이 《밀레나에게 보내는 편지》라는 사실은 상당히 암시적이다. 그것은 (카프카처럼) 타인과의 소통을 자발적으로 차단하며 은둔에 가까운 삶을 고수하고자 했던 그가 자신의 '밀레나'에게로 나아가는 징후를 암시한다고 해도 좋겠다. 알타이와 카자흐스탄, 그리고 몽골 등지에서 이루어질 자신의 영화 작업을 지원하기로 한 문화재단 사무실에서 그가 '안경을 쓴 여비서'를 만났을 때 이 암시

는 비로소 현실화한다. 그리고 마침내 그들이 카페에
서의 재회에 이어 영화관에서 서로의 존재를 인지하
게 된 후 저녁 식사를 함께하게 될 때 암시는 절정에
이른다.

> 오래오래 계속되는 밤. 영원히 끝나지 않는 밤.
> 내 시간은 보이지 않고, 불분명하고, 흐릿할 뿐.
> 가만히 있으면 나는 밤 속에서 연기처럼 흩어지
> 고 점점 엷어지다가, 아무도 모르게 완전히 사라
> 질 거예요. 아무도 모르게 완전히 사라질 거예
> 요. 아무도 나에 관해서 알지 못하는 채로, 그렇
> 게 사라질 거예요. 아주 적은 급료만 받는다 해
> 도 상관없어요. 어차피 우리가 갈 초원에서는 돈
> 이 필요하지도 않을 거잖아요. 일이 고생스러울
> 거라고 말하셨나요? 나는 황홀할 거예요. 슬리
> 핑백에서 자고, 샤워도 못 하고, 화장실도 없다
> 고 말하셨나요? 떠날 수 있다면, 나는 황홀할 거
> 예요. 여기 가만히 있으면 내 밤이 영영 끝나지
> 않아요. 나를 데려가 주신다면, 나는 황홀할 거
> 예요. (41~42쪽)

험윤은 자신의 불우를 이야기하며 먼 곳으로 데

려가 달라고 호소하는 '안경을 쓴 여비서'의 목소리에 두려움을 느낀다. 매혹을 느끼면 느낄수록 두려움에 떨며 끊임없이 결혼을 연기해야만 했었던 카프카처럼. 그런 의미에서 그녀에게 "나는 아무것도 약속할 수 없습니다"(44쪽)라고 반복해서 중얼거리기만 하는 그의 말은 자신을 방어하기 위한 최소의 언어라고 할 만하다. 그러나 이 소설에서 이 여성의 실체가 분명하게 드러나 있는 것은 아니다. 부정한 여인에게서 태어나 아버지에 의해 친척집에 버려진 아이, 어느 친척집의 어떤 친척 남자를 통해 남자를 알게 되고 임신의 공포에 시달리곤 했던 여자, 어느 순간 친척집에서 친척집으로 전전할 때 항상 같이 운반되던 체크무늬 가방과 더불어 느닷없이 혼자 버려진 여자⋯⋯. 그녀를 수식하는 말들은 적지 않지만, 우리가 확인하게 되는 것은 그녀의 말뿐이다. 그녀는 험윤의 하루를 장식하는 상상의 산물일 수도 있고 그가 읽은 책, 예컨대《밀레나에게 보내는 편지》가 환기하는 이미지의 잔영일 수도 있다. 어쩌면 그와 반대로 상상과 이미지의 후광으로 방어된 현실 속 인물일 수도 있겠다. 사정이 어찌 되었든 이 여성은 모호한 '목소리'로만 건재할 뿐이다.

그런데 우리는〈영국식 뒷마당〉에서 '다시' 그녀

를 만난다. 이번엔 열세 살 소녀의 시선을 통해서다. 할머니보다 스무 살이나 더 아래의 배다른 막내 여동생인 그녀는 "다른 여자 친척들처럼 숙모나 아주머니, 이모나 고모 등의 호칭을 갖지 못"(74쪽)한 채 다만 '경희'로만 불리는 '늙은 여성'이다. 경희는 금지이자 혼자의 상징이다. "일생 동안 클리닉에서 살았고 한 번도 결혼한 적이 없으며, 자신의 집이나 가족을 갖지 못했"(75쪽)던 그녀는 몇 개월씩 돌아가며 그녀를 돌보는 책임을 떠맡게 된 친척들의 집을 전전하며 살아간다. 이 소설의 화자인 십 대 소녀 '나'는 비록 그녀가 지금은 자신의 집에 함께 살고 있지만, 그것은 임시적인 조치일 뿐 곧 어딘가 다른 곳으로 떠나게 되리라는 사실을 모르지 않는다. 경희는 가족이지만 엄밀히 말해 가족 구성원 바깥에 속하는 여성이라고 할 수 있기 때문이다.

이 여성의 프로필이 어딘가 익숙하지 않은가. 〈밀레나, 밀레나, 황홀한〉의 험윤을 두려운 매혹 속으로 몰아넣었던 여인, 부정한 어머니에게서 태어나 아버지에게 버림받고 친척집을 전전하다 느닷없이 혼자 남겨진 여인, 어느 날 처음 본 남자에게 멀리 데려다 달라고 막무가내로 호소하기도 하는 젊은 여성의 이미지는 경희의 일생에 스며들며 어둡고 쓸쓸한 그림자를 남긴다. 이렇게 서로 닮은 듯 각기 다른 두 소설의 여성 캐릭터는 이 작은 소설집의 '느슨한 연대'를 형성한다. 우리는 이 소설집이 "하나의 트로이 안에 또 다른 트로이가 있고 그 안에는 더 이전의 트로이가 묻혀 있으며 이전의 트로이 안에는 그보다 더 오랜 옛날의 트로이 폐허가 잠자고 있"(118쪽)는 독특한 플롯을 취하고 있음을 확인한다. 마치 커다란 인형 안에 더 작은 또 다른 인형이 숨어있는 러시아 인형 마트료시카처럼.

이는 풍진에 걸려 학교에 가지 않게 된 어느 날, 햇살이 환하게 비치는 이층 마루에서 책을 읽던 경희가 화자에게 건네는 직접적인 진술을 통해 좀 더 분명하게 확인되기도 한다. 매번 이야기할 때마다 "내 생각에……"라는 말을 덧붙이는 경희는 '나'에게 다음과 같은 이야기를 들려준다. "내 생각에, 그래서 나는 마침내 영국식 뒷마당으로 가는 길을 찾아낸 거야."(71쪽) 그녀에 따르면 경희는 영국식 뒷마당에서 그네를 타고 놀았다. 거기에는 그네와 앵두나무와 꽃 등이 있고 그곳이 너무 아름다워 그녀는 그만 집으로 돌아가는 걸 깜빡 잊는다. 그리고 결정적인 말이 뒤따른다. "내 생각에, 너도 그렇게 될 거야."(91쪽)

이 예언은 〈영국식 뒷마당〉의 성격을 규정하는

결정적인 주문이라고 할 만하다. 열세 살 소녀는 정신이 온전치 않은 늙은 여자의 '너도 그렇게 될 것'이라는 예언을 듣고 한순간 모든 것을 알아차린다. 시간의 주술이 풀려버린 것이다. 그녀는 그 예언과 더불어 자기 안의 고대 동굴 속 벽화가 누군가에 의해 최초로 환한 햇불 아래 드러나고 있음을 체감한다. "그것은 내 피부이자 감각"(81쪽) 그 자체였기 때문이다. 이 예언이 두렵지 않을 리 없다. 그것은 '경희처럼' 살게 된다는 의미다. 평생 클리닉에서 살면서, 단 한 번도 그곳을 떠나지 못하고, 결혼하지도 못한 채, 가족도 없이 한평생 지속되는 환영에 시달리게 되는 어떤 삶, 경희의 삶, 그것이 어찌 두렵지 않을 수 있으랴. 그러나 '나'는 기꺼이 경희의 삶을 받아들인다. 경희와 '나'는 서로 겹쳐지며 구별되지 않는다. 마침내 '나'는 경희가 된다. 경희가 곧 '나'다.

미친 여자의 독백 같은 ······ 돌림노래
〈밀레나, 밀레나, 황홀한〉과 〈영국식 뒷마당〉을 관통하는 마트료시카 같은 여성들의 시간은 당연히 과거-현재-미래로 이어지는 순차적인 시간의 진행을 알지 못한다. 그것은 뒤섞이고 중첩된 시간, 이를테면 과

거이자 미래고 미래이자 현재인 어떤 시간에 가깝다.
그에 따르면 나의 현존은 유폐된 동굴 속 태초의 여
성이자 그녀의 영원한 미래다. 나는 미래이자 과거
다. 어제이자 오늘이다. 여러 차원의 시간대에 동시
에 거주하며 미래에서 과거를 보고 과거에서 미래를
내다보는 자를 우리는 '셔먼'이라고 부른다. 내 생각
에, 너도 그렇게 될 거야⋯⋯. '나'에게 던져진 경희의
예언은 카산드라의 주술에 버금간다고 해도 좋겠다.
그러나 선조적으로 진행되는 일상의 시간에 비추어
볼 때 그녀의 예언은 '미친 여자'의 독백과 구별되지
않는 것도 사실이다.

　경희는 다시 책을 읽기 시작했다. 나는 가만히
앉아서 경희의 목소리를 들었다. 나는 경희가 읽
고 있는 이야기에 점차 홀려 버렸다. 그것은 이
상한 노래 같았고, 여러 가지 동화에서 한 조각
씩 가져와 이어 붙인 연결되지 않는 만화경 같기
도 했으며, 거꾸로 돌아가는 필름 같기도 했고,
미친 여자의 독백, 혹은 잠든 사람의 무의미한
웅얼거림, 혹은 고양이나 뻐꾸기의 울음처럼 이
해할 수 없는 소리 같기도 했다. 하지만 그것은
나를 매료시켰다. 그것은 자꾸만 도중에 '난 오

늘도 영국식 뒷마당에서 그네를 타고 놀았어'라
는 문장이 후렴구처럼 반복되었는데, 그것의 음
악적인 효과는 이야기에 신비한 힘을 불어넣었
다. (87쪽)

아무것도 인쇄되지 않은 깨끗한 백지 노트를 읽
으며 영국식 뒷마당으로 가는 길을 알려주고 그곳에
서의 시간에 너무 몰두하느라 그만 집으로 돌아와야
한다는 사실을 잊어버렸다고 이야기하는 경희의 목
소리는 위의 인용문이 밝히고 있는 것처럼 '이상한
노래' 같기도 하고 파편적인 '콜라주' 조각 같기도 하
며 '미친 여자의 독백' 같기도 하다. 잠든 사람의 '웅
얼거림'이나 고양이나 뻐꾸기의 '울음' 같기도 하다.
그 무엇이라고 하든 그것이 이해하기 힘들고 무의미
한 소리에 가깝다는 사실은 부정하기 어렵다. 그러나
바로 그 결과 이 목소리는 음악이 되어 신비한 힘을
불어넣을 수 있는 능력을 지니게 되는 것도 사실이
다. 이 소설들에 흘러넘치는 소리의 향연은 이와 무
관하지 않아 보인다. 〈밀레나, 밀레나, 황홀한〉의 형
윤은 자신을 데려가 달라고 호소하는 낯선 여자의 이
야기를 들음과 동시에 골목 어딘가에서 들려오는 기
타 연주 소리를 감지한다. "그들을 둘러싼 밤의 성분

인 흐릿한 빛, 불안한 빛이 기타 소리와 함께 알 수 없는 곳으로 흘러간다."(40쪽) 이 기타 소리는 그가 "그만 이게 무슨 막무가내란 말입니까! 날 귀찮게 하지 말아요!"(46쪽)라고 소리치며 그녀에게서 멀어지려 하는 순간 다시 한번 반복된다. "그녀는 골목 어디선가 흘러나오는 희미한 기타의 선율을 따라가 버린 다음이다."(47쪽) 〈영국식 뒷마당〉의 '나' 또한 경희의 목소리를 들을 때마다 "마치 바람에 흔들리는 수많은 작은 종처럼 끊임없는 화음의 파도를 이루며 밀려왔다가 다시 밀려가고, 부드럽게 상승했다가 다시 고요히 가라앉기를 반복"(78쪽)하는 어떤 음악을 듣는다. 이 종소리 역시 이 소설에서 여러 번 반복 출현한다. "수백 수천 개의 작고 가벼운 종들이 아주 미세한 시차를 가지며 한꺼번에 울리는 듯"(79쪽)한 경희의 목소리는 어느 날 한 사람이 '나'에게로 몸을 돌리며 매혹적인 이야기를 들려달라고 주문했을 때 다시 한번 내 안에서 "수백 수천의 작은 종들이 일제히 울리기 시작"(85쪽)하는 것으로 또 등장한다.

공기 중에 부유하는 골목 어딘가의 기타 소리와 밀려왔다 밀려가는 수백 수천의 작은 종소리는 배수아가 선택한 '여성'(들)의 목소리에 대한 메타포라고 할 만하다. 그것은 모든 주술적 음악이 그러하듯 돌림노래의 후렴구처럼 영원히 되돌아왔다가 또 되돌아나가며 일정한 리듬을 반복한다. 오디세우스의 귀향을 방해하는 사이렌의 노래가 그러했던 것처럼 이 반복적인 돌림노래는 매혹의 근원으로 작용하는 것이 사실이다. 밀레나에 대한 매혹, 밀레나를 환기하는 젊은 여성의 목소리에 대한 느닷없는 이끌림, 금지의 계율로 꽁꽁 묶인 경희에 대한 경계의 이완과 목소리의 각인 등 이 매혹은 불현듯 주체를 찾아와 그 또는 그녀를 사로잡고 놓아주지 않는다. 그들이 매혹 속에 숨어있는 죽음의 그림자를 발견해내고 두려움에 떨기 전까지.

에피파니가 찾아오는 것은 바로 그 순간이다. 〈밀레나, 밀레나, 황홀한〉의 오디세우스 험윤은 젊은 여성의 목소리로 화한 사이렌의 절박한 호소를 물리치고 집으로 귀환하는 길에 복도 가운데 놓인 금이 간 거울을 마주하는 순간 어떤 각성에 직면한다. "삶에는 일순간이 있다."(49쪽) 그러나 그것은 그가 먼 곳으로 데려가 달라는 젊은 여성의 호소를 뿌리친 순간 바로 다시 소멸한다. "일순간이 지난다."(49쪽) 그가 다시 삶의 일순간을 맞기 위해서는 '두 개의 문'을 지나 다시 아무와도 마주치지 않으며, 아무도 그와 마주치지 않는 시간을 견뎌야 할지도 모른다. 소설의 마지막, 그는 자신의 집 문 안으로 쪽지를 건넨 어떤 인물에게 다가가기 위해 다시 되돌아나가 두 개의 문을 통과하여 아무와도 마주치지 않은 채 낭하의 끝까지 걸어간 뒤 가장 마지막 집의 벨을 누른다. "문이 열리고 누군가가 그를 집 안으로 맞아들이는 광경"(51쪽)이 금이 간 흐릿한 거울을 통해 포착된다. 그는 누구에게 간 것일까. 그를 맞아들인 사람은 누구일까. 소설은 그와 관련하여 어떤 기미나 조짐도 알려주지 않는다. 어쩌면 그가 찾아간 낭하 마지막 집의 누군가는 그날 그가 뿌리친 바로 그 젊은 여성, 이름을 알 수 없어 오로지 '밀레나'라고만 불리는 어떤 여인일지도 모른다. 황홀한 밀레나는 그렇게 자발적 은둔자의 운명을 뒤바꾸어 놓는다.

결연한 오디세이아를 감행하는 〈밀레나, 밀레나, 황홀한〉의 험윤의 에피파니에 비해 〈영국식 뒷마당〉의 그것은 성장소설의 외연을 취하고 있는 만큼 다분히 환멸적인 데가 있다. 아무것도 인쇄되지 않은 백지의 노트를 읽는 경희의 목소리에 절대적인 매혹을 느끼던 '나'는 불현듯 그녀가 "오직 자신이 읽고 있는 그 이야기로만 존재한다는 것"(93쪽)을 깨닫는다. 경희는 평생 클리닉에서 살았고 한 번도 결혼한 적이 없으며, 자신의 집이나 가족을 갖지 못했고 여행을 떠난 적도 없으며 아무에게서도 사랑을 받지 못했고 아무도 사랑하지 못했다. 따라서 경희가 이야기하는 '영국식 뒷마당에서의 동화 같은 시간'은 다만 환상일 뿐일 것이다. '나'는 한순간 이 모든 이야기가 가족과 친지, 사회로부터 추방되고 배제된 미친 여자의 환영임을 깨닫게 된다. 열세 살 화자는 그 사실을 알아차리자마자 "나는 울고 싶었다"(95쪽)고 고백한다. 내 안의 고대 동굴을 밝히며 평생 잊을 수 없는 동굴 벽화를 각인시켜준 태초의 여인은 이리하여 "어쩌면 경희는 바보일지도 모른다"(95쪽)는 각성과 자리를 바꾸게 된다. 이 각성이 쓰라릴 수밖에 없는 것은 그 '바보'가 바로 자신이 될 수도 있다는 예언적 명명 때문이다. 내 생각에, 너도 그렇게 될 거야⋯⋯. 돌림노래처럼 떠도는 셔먼의 목소리. 배수아는 여성적 마트료시카의 끝을 완전한 무, 영원한 폐허로 장식한다. 그것은 여성이 처한 실존적 상황과 관련한 가장 뼈아픈 깨달음이라고 할 만하다.

다락방의 '홀로' 글 쓰는 여자
그러나 이 쓰라린 각성은 글 쓰는 여자의 출발점이 아닐까. 이제 이번에 새롭게 추가된 〈부엉이에게 울음을)을 통해 여성이 글을 쓴다는 것의 의미를 살펴보자. 이 소설의 첫 대목은 다음과 같다. "두 번째 이혼을 결정했을 때 나는 스물아홉 살이었다. 그리고 그즈음 막연하게 작가가 되면 어떨까 하는 생각이 처음으로 들었다. 두 사건 사이에 어떤 연관이 있는지는 알 수 없지만, 나는 그 생각이 마음에 들었다."(115쪽) 두 번째 이혼을 결정한 스물아홉 살의 '나'는 막연하게 작가가 되면 어떨까 하는 마음을 먹는다. 두 사건, 곧 '이혼'과 '작가가 되는 것'은 얼핏 보면 아무런 연관도 없어 보인다. 화자 역시 두 사건을 '막연하게'라는 부사로 연결하고 있을 뿐이다. 그러나 두 사건이 나란히 병치되는 순간, 그들 사이에는 모종의 인과성이 개입할 가능성이 커진다. 그렇게 보자면 이 소설은 이 두 사건 사이를 가로지르며 그들 사이의 이 희미한 연관성을 상기하고 추적하는 몽환적인 보고서라고 할 수 있을지도 모르겠다.

먼저, 이혼. 이혼을 이야기하기 위해서는 '나'가 누구인지 되돌아볼 필요가 있다. 이와 관련하여 이 소설에서 가장 의미심장하게 떠오르는 단어는 '부도덕'이라는 말이다. '나'는 학교를 중퇴하고 집을 나가 '매춘부'가 되겠다고 선언한다. 물론 화자가 매춘부라는 말의 의미를 잘 알고 사용한 것은 아니다. 그러나 이 말의 효과를 완전히 몰랐다고 하기도 어렵다. 아마도 '나'는 오랜 불화 관계에 있던 계모에게 자신만의 주체적 입지를 강조하며 가족으로부터 놓여나기를 원하는 마음이 컸을 것이다. 사정이 어찌 되었든 '나'의 말은 계모를 분노케 하는 데 성공한다. 계모는 '나'를 향해 "너는 정말, 이기적이고 게다가 도덕심이 희박하기 짝이 없어"(134쪽)라는 힐난을 퍼붓고 때리기까지 한다. 이 에피소드에 따르면, '나'는 소위 정상 가족의 테두리 바깥에 있는 것으로 보인다. 그로 인해 화자가 일찍이 가족이나 친지, 혹은 도덕이라는 이름으로 강요되는 사회적 관습에서 벗어나 자유를 누려 왔을 가능성도 크다. 그러나 그 자유는 언제나 생존을 위협하는 물질적 결핍을 대가로 요구하는 성질의 것이었을 것이다. 이런 제반 상황을 고려하면, '나'와 앞에서 살펴본 소설들의 주요 인물들은 별반 다르지 않은 부류로 보이기도 한다. 말하자면, '나'는 혐운에게 자신을 먼 곳으로 데려가 달라고 호소하는 젊은 여성이자 경희이며 언젠가 결국 경희가 될지도 모른다는 예언 앞에서 크나큰 슬픔을 느끼는 열세 살 여자아이이기도 하다! 다시 한번 확인되는 "하나의 트로이 안에 또 다른 트로이가 있고 그 안에는 더 이전의 트로이가 묻혀 있으며 이전의 트로이 안에는 그보다 더 오랜 옛날의 트로이 폐허가 잠자고 있”(118쪽)을 수밖에 없는 여성 서사의 무한 반복.

　이들이 결혼이라는 제도적 영역에 진입하기란 쉽지 않아 보인다. '나'의 첫 번째 결혼은 '계모'의 표현대로라면 “서류상으로 공식 기재되지 않았으므로 '함께 사는' 것에 불과한 가짜 남편”(135쪽)과의 동거라고 할 수 있으며, 두 번째 역시 이혼 준비 서류를 부탁한 '관청'으로부터 “신청인은 미혼 상태라서 결혼했다는 어떤 증명도 발급할 수가 없”(125~126쪽)다는 이야기를 듣는 것으로 보아 마찬가지 상태였으리라 추정된다. 사정이 그러하다면, 화자의 두 번째 이혼이라는 말은 그 자체 성립되지 않는 모순적 상황이라고 할 만하다. 아니, 이혼이라는 말 자체가 불가능하다고 할 수도 있겠다. '나'의 '결혼'은 국가의 합법적 인정을 받은 상태가 아니기 때문이다. 법의 가시적 권능이 미치지 않는 범위에서의 삶 또는 결혼이란 어쩌면 소설의 말미에서 구청 호적관리 직원이 투덜대는 것처럼 완전한 '아나키' 상태의 그것, 곧 '호모 사케르'로서의 벌거벗은 삶과 무관하지 않을 수도 있을 것이다. 그러나 〈부엉이에게 울음을〉이 이 예외적인 상태를 전경화해서 이야기를 들려주기를 원하는 것 같지는 않다. 다만 꿈과 몽환적 이미지, 책 읽기의 파편적 경험 등을 통해 법 바깥의 존재의 삶의 단면을 보여주고 있을 뿐이다.

　그러나 우리는 배수아의 '몽환적인 이혼 신고서'라고 할 이 소설의 몇몇 장면을 통해 그 실재를 재구성해볼 수는 있을 듯하다. 예컨대, 폭력과 살인의 징후 같은 것. 형사의 방문으로 드러나게 되는 주인집 부부의 결혼 생활은 부부 가운데 어느 하나가 더 이상 보이지 않는다거나 그들의 집 앞에서 피 묻은 발자국이 발견되었다든가 하는 소문의 자장에서 자유롭지 않다. 그들은 '청부살인' 혹은 '부재자 신고' 등과 같은 '범죄'의 용어와 연관된 어떤 무정부 상태의 한 전형을 보여준다. 반면, 국립도서관 자료실에서 등기 우편으로 보내온 《서울의 장미》라는 잡지 속 독자 투고 글은 1950년 한국전쟁 당시의 흥남철수작전을 배경으로 한 두 남녀의 비극적 파토스를 보여준다. 눈앞에서 '코뮤니스트'로 몰려 죽임의 위기에 내몰리는 연인의 최후를 지켜보아야 했던 여성은 살아남아 결국 그날의 고통을 글로 남긴다. 공권력의 무자비한 폭력에 희생당할 수밖에 없는 두 남녀의 '운명애'가 돋보인다고 할 만하다

　어쩌면 화자 '나'의 결혼 생활은 이 두 가지 사례에 모두 해당할 수도 있고 그것들의 부분적 조합일

수도 있을 것이다. 그러나 그 무엇이 되었든 '나'의 이혼이 이러한 파편적 경험과 무관하지 않다는 점은 분명해 보인다. 특히 *1951년 12월* 발간된 《서울의 장미》라는 잡지 속 독자 투고 글은 두 번째 이혼을 눈앞에 둔 화자가 '작가'로서의 삶을 자신의 정체성으로 받아들이게 되는 중요한 매개가 된다는 점에서 중요하게 다뤄질 필요가 있다. 심지어 '나'는 어린 시절 다락방의 앨범에서 자신과 '동명'(여기서도 존재의 중첩은 중요한 기제로 작용한다)의 발신자가 보낸 '누렇게 바랜 엽서'를 본 적도 있다. 도스토옙스키의 소설을 빌려준 데 대한 치하와 자신이 투고한 글이 실린 잡지를 동봉한다는 말이 적혀 있던 그 엽서는 소설의 마지막 대목에서 이미 우리가 살펴본 투고 글을 읽는 '나'의 모습과 다시 겹쳐지며 소설 전체를 원환적인 기억과 우연의 공간으로 물들이기도 한다.

우리는 이 엽서와 더불어 이 소설의 가장 아름다운 문장들로 이루어진 '다락방의 시간'으로 돌아갈 필요를 느낀다. 학교를 그만두고 집을 떠난 이후 단 한 권의 책도 소유하거나 읽지 않으며 유년 시절의 '다락방'을 잊고 살던 화자는 우연한 일로 책들의 요새라고 할 만한 번역가 남편의 작업실을 방문한 뒤 자신의 다락방을 기억해 낸다. 그리고 다락방은 그냥 거기 그대로 있었을 뿐 사라진 것이 아니라는 사실을 확인한다. 다만 자신이 그곳을 떠나왔을 뿐임을 깨닫게 된 것이다. 이 각성은 "무한한 현기증"(157쪽)으로 이어진다. 이 현기증이 '나'를 강타하는 다음과 같은 자각, 요컨대 "정말 이상한 일이기는 하지만, 작가가 되어야겠다는 생각. 어쩌면 나는 작가가 될지도 모른다는 생각. 위대한 작가나 대단한 작품을 써서 이름이 알려지는 그런 작가가 아니라, 오랫동안 자신의 회귀를 기다려온 다락방을 가졌기 때문에 결국 그곳에서 홀로 글을 쓸 수밖에 없는 작가"(157~158쪽)가 될지도 모른다는 생각이 초래하는 강렬한 존재의 전율 같은 것임은 다시 말할 필요도 없을 것이다. '나'에게 다락방은 "유모"이자 난파선"이며 "내게로 찾아온 말"이자 "나로부터 발생하는 최초의 말"이고 "앞으로 전 생애 동안 내가 보고 듣고 느끼게 될 모든 것"(120쪽)에 다름 아니기 때문이다.

문제는 이 '에피파니'가 남편에 대한 상징적 처벌과 자발적 고립으로 이어지는 지점이다. "당신이 읽어보면 좋을 책들을 골라서 보내줄게. 방세를 혼자 내게 해서 미안해. 당신이 자랑스러워. 당신은 분명 좋은 작가가 될 거야"(174쪽)라고 이야기하는 남편은 얼핏 보면 '나'를 지지하고 아내와의 공감대를 잊지 않는 남편으로 보이기도 한다. 그러나 이 남편이 미안하다는 말만 늘어놓으며 방세를 혼자 내게 하는 것도 모자라 자신은 낮의 인간들을 견딜 수 없다며 '혼자서 일할 자신만의 공간' 속으로만 파고 도는 자신을 이해해달라고 요구해온다면 이야기는 조금 달라질 수 있을 것이다. 무엇보다도 남편은 화자의 다락방의 시간을 알지 못한다. 결혼한 이후 서로 다른 생활 시간대를 핑계로 내내 별거를 해온 그들은 유년 시절에 관한 이야기를 나눌 시간조차 없었던 것이다. 이는 남편으로서 중대한 결격 사유라고 하지 않을 수 없다. 다락방의 시간은 '나'를 규정하는 가장 근본적인 경험인 만큼 그 사실을 알지 못한다면 '나'의 존재 자체를 오인할 가능성도 없지 않기 때문이다. 사실, 남편은 작가가 되고 싶다는 아내의 말에 "당신도 물론 그런 꿈을 가질 수는 있지만, 작가란 결코 기분이나 즉흥으로 되는 건 아니라는 점을 미리 알고 있으면 좋겠다"(164쪽)며 시큰둥하고 부정적인 반응을 보이기도 한다. 그리고 "당신은 아직 깨닫지 못하겠지만" 혹은 "당장은 이해할 수 없겠지만"(167쪽)이라는 말을 덧붙이며 '이 세상은 곧 글'이니 '책을 많이 읽도록 하라'는 '충고'를 아끼지 않는다. 마치 글을 쓰고 읽는 작업은 자신만의 고유한 영역이라는 듯.

그런 점에서 이 부부의 파탄과 이혼은 다락방의 아이였던 자신의 과거를 기억해 내고 오랜 시간 억압해온 작가가 되고자 하는 욕망을 누설한 '나'의 선언과 직접적인 연관이 있다고 하지 않을 수 없다. 만약 그녀가 계모의 말대로 이기적이고 부도덕한 점이 있다면 바로 그 점이라고 할 수 있을 것이다. 자신의 욕망에 충실하고자 했다는 것, 무엇보다도 남편의 영역으로 여겨온 '밤의 시간'에 동참하고자 했다는 것, 그리하여 "사각거리는 글자들의 숨소리"(158쪽)를 감지하고자 했다는 것, 이것들이야말로 그녀가 진정 "점잖은 결혼"(174쪽)을 할 수 없는 부도덕함의 이유라고 할 만하다. 그러나 이미 다락방의 기억을 되살려낸 '나'에게 다른 길은 보이지 않는 듯하다. 그녀에겐 단지 "그 어떤 지적인 훈련이나 재능도 없이, 그 어떤 준비나 지식도 없이, 오직 부엉이의 울음을, 오직 밤의 징후를, 해독할 수 없는 다락방의 문자로 옮겨 쓰는, 개연성 없는 문장들 사이로, 서툴게 말 더듬는, 그 누구에게도 알려지지 않은 작가"(158쪽)가 되는 길만 남아 있는 듯하다. 이제 그녀가 할 일은 "즉흥적으로 떠오른 불안한 글자"(130쪽)들을 타자기에 쳐내는 일이다. "이곳에서의 체류는 여전히 그토록 불행하지만…… 나는 그것을 말하지 않는다. 밤은 부엉이에게 울음을 주고…… 나는 울지 않는다."(186쪽) 이리하여 오래전 한국전쟁의 와중에 자신의 눈앞에서 죽임을 당하는 연인을 지켜보아야만 했던 동명의 여성 작가의 절망과 애도는 이제 '나'의 것이 된다. 배수아는 제각기 다른 듯 서로 닮은 세 편의 소설들을 통해 "하나의 트로이 안에 또 다른 트로이가 있고 그 안에는 더 이전의 트로이가 묻혀 있으며 이전의 트로이 안에는 그보다 더 오랜 옛날의 트로이 폐허가 잠자고 있"(118쪽)는 여성의 이야기에 귀를 기울이고 "점점 더 과거인 것을 향해, 점점 더 어떤 특정한 시간을 향해 점점 더 빠르게 수렴됨을 느끼는"(118쪽) 여성 시간 탐험가의 원형을 보여주었다. 《밀레나, 밀레나, 황홀한》을 '트로이로 가는 흐릿한 지도'라고 부르고 싶은 것은 그 때문이다.

수록 작품 출처

밀레나, 밀레나, 황홀한 / 영국식 뒷마당
　　— 2016년 경기문화재단 전문예술창작지원사업
　　문학 분야 선정작 (《경.기.문.학 3》)

부엉이에게 울음을
　　—《문장웹진》 2014년 5·6월호

밀레나, 밀레나, 황홀한

1판 1쇄 발행, 2016년 11월 22일
1판 3쇄 발행, 2018년 8월 8일
개정증보판 1쇄 발행, 2022년 5월 31일

지은이, 배수아
발행편집, 유지희
디자인, 이기준
제작, 제이오
펴낸곳, 테오리아
출판등록, 2013년 6월 28일 제25100-2015-000033호
전화, 02-3144-7827 / 팩스, 0303-3444-7827
전자우편, theoriabooks@gmail.com

© 배수아 2022
ISBN 979-11-87789-38-3 03810
15,000원